JOSEPH VON EICHENDORFF

DAS MARMORBILD

Eine Novelle

HAMBURGER LESEHEFTE VERLAG
HUSUM/NORDSEE

Es war ein schöner Sommerabend, als Florio, ein junger Edelmann, langsam auf die Tore von Lucca zuritt, sich erfreuend an dem feinen Dufte, der über der wunderschönen Landschaft und den Türmen und Dächern der Stadt vor ihm zitterte, sowie an den bunten Zügen zierlicher Damen und Herren, welche sich zu beiden Seiten der Straße unter den hohen Kastanienalleen fröhlich schwärmend ergingen.

Da gesellte sich, auf zierlichem Zelter desselben Weges ziehend, ein anderer Reiter in bunter Tracht, eine goldene Kette um den Hals und ein samtnes Barett mit Federn über den dunkelbraunen Locken, freundlich grüßend zu ihm. Beide hatten, so nebeneinander in den dunkelnden Abend hineinreitend, gar bald ein Gespräch angeknüpft, und dem jungen Florio dünkte die schlanke Gestalt des Fremden, sein frisches keckes Wesen, ja selbst seine fröhliche Stimme so überaus anmutig, dass er gar nicht von demselben wegsehen konnte.

„Welches Geschäft führt Euch nach Lucca?", fragte endlich der Fremde. „Ich habe eigentlich gar keine Geschäfte", antwortete Florio ein wenig schüchtern. „Gar keine Geschäfte? – Nun, so seid Ihr sicherlich ein Poet!", versetzte jener lustig lachend. „Das wohl eben nicht", erwiderte Florio und wurde über und über rot. „Ich habe mich wohl zuweilen in der fröhlichen Sangeskunst versucht, aber wenn ich dann wieder die alten großen Meister las, wie da alles wirklich da ist und leibt und lebt, was ich mir manchmal heimlich nur wünschte und ahnte, da komm ich mir vor wie ein schwaches, vom Winde verwehtes Lerchenstimmlein unter dem unermesslichen Himmelsdom." – „Jeder lobt Gott auf seine Weise", sagte der Fremde, „und alle Stimmen zusammen machen den Frühling." Dabei ruhten seine großen geistreichen Augen mit sichtbarem Wohlgefallen auf dem schönen Jünglinge, der so unschuldig in die dämmernde Welt vor sich hinaussah.

„Ich habe jetzt", fuhr dieser nun kühner und vertraulicher fort, „das Reisen erwählt, und befinde mich wie aus einem Gefängnis erlöst, alle alten Wünsche und Freuden sind nun auf einmal in Freiheit gesetzt. Auf dem Lande in der Stille aufgewachsen, wie lange habe ich da die fernen blauen Berge sehnsüchtig betrachtet, wenn der Frühling wie ein zauberischer Spielmann durch unsern Garten ging und von der wunderschönen Ferne verlockend sang und von großer unermesslicher Lust." – Der Fremde war über die letzten Worte in tiefe Gedanken versunken. „Habt Ihr wohl jemals", sagte er zerstreut aber sehr ernsthaft, „von dem wunderbaren Spielmann gehört, der durch seine Töne die Jugend in einen

Zauberberg hinein verlockt, aus dem keiner wieder zurückgekehrt ist? Hütet Euch!" –

Florio wusste nicht, was er aus diesen Worten des Fremden machen sollte, konnte ihn auch weiter darum nicht befragen; denn sie waren soeben, statt zu dem Tore, unvermerkt dem Zuge der Spaziergänger folgend, an einen weiten, grünen Platz gekommen, auf dem sich ein fröhlich schallendes Reich von Musik, bunten Zelten, Reitern und Spazierengehenden in den letzten Abendgluten schimmernd hin und her bewegte.

„Hier ist gut wohnen", sagte der Fremde lustig, sich vom Zelter schwingend; „auf baldiges Wiedersehn!", und hiermit war er schnell in dem Gewühle verschwunden.

Florio stand in freudigem Erstaunen einen Augenblick still vor der unerwarteten Aussicht. Dann folgte auch er dem Beispiele seines Begleiters, übergab das Pferd seinem Diener und mischte sich in den muntern Schwarm.

Versteckte Musikchöre erschallten da von allen Seiten aus den blühenden Gebüschen, unter den hohen Bäumen wandelten sittige Frauen auf und nieder und ließen die schönen Augen musternd ergehen über die glänzende Wiese, lachend und plaudernd und mit den bunten Federn nickend im lauen Abendgolde wie ein Blumenbeet, das sich im Winde wiegt. Weiterhin auf einem heiter grünen Plan vergnügten sich mehrere Mädchen mit Ballspielen. Die bunt gefiederten Bälle flatterten wie Schmetterlinge, glänzende Bogen hin und her beschreibend, durch die blaue Luft, während die unten im Grünen auf und nieder schwebenden Mädchenbilder den lieblichsten Anblick gewährten. Besonders zog die eine durch ihre zierliche, fast noch kindliche Gestalt und die Anmut aller ihrer Bewegungen Florios Augen auf sich. Sie hatte einen vollen, bunten Blumenkranz in den Haaren und war recht wie ein fröhliches Bild des Frühlings anzuschauen, wie sie so überaus frisch bald über den Rasen dahinflog, bald sich neigte, bald wieder mit ihren anmutigen Gliedern in die heitere Luft hinauflangte. Durch ein Versehen ihrer Gegnerin nahm ihr Federball eine falsche Richtung und flatterte gerade vor Florio nieder. Er hob ihn auf und überreichte ihn der nacheilenden Bekränzten. Sie stand fast wie erschrocken vor ihm und sah ihn schweigend aus den schönen großen Augen an. Dann verneigte sie sich errötend und eilte schnell wieder zu ihren Gespielinnen zurück.

Der größere funkelnde Strom von Wagen und Reitern, der sich in der Hauptallee langsam und prächtig fortbewegte, wendete indes auch Florio von jenem reizenden Spiele wieder ab, und er schweifte wohl eine Stunde lang allein zwischen den ewig wechselnden Bildern umher.

„Da ist der Sänger Fortunato!“, hörte er da auf einmal mehrere Frauen und Ritter neben sich ausrufen. Er sah sich schnell nach dem Platze um, wohin sie wiesen, und erblickte zu seinem großen Erstaunen den anmutigen Fremden, der ihn vorhin hieher begleitet. Abseits auf der Wiese an einen Baum gelehnt, stand er soeben immitten eines zierlichen Kranzes von Frauen und Rittern, welche seinem Gesange zuhörten, der zuweilen von einigen Stimmen aus dem Kreise holdselig erwidert wurde. Unter ihnen bemerkte Florio auch die schöne Ballspielerin wieder, die in stiller Freudigkeit mit weiten, offenen Augen in die Klänge vor sich hinaussah.

Ordentlich erschrocken gedachte da Florio, wie er vorhin mit dem berühmten Sänger, den er lange dem Rufe nach verehrte, so vertraulich geplaudert, und blieb scheu in einiger Entfernung stehen, um den lieblichen Wettstreit mit zu vernehmen. Er hätte gern die ganze Nacht hindurch dort gestanden, so ermutigend flogen diese Töne ihn an, und er ärgerte sich recht, als Fortunato nun so bald endigte und die ganze Gesellschaft sich von dem Rasen erhob.

Da gewahrte der Sänger den Jüngling in der Ferne und kam sogleich auf ihn zu. Freundlich fasste er ihn bei beiden Händen und führte den Blöden, ungeachtet aller Gegenreden, wie einen lieblichen Gefangenen nach dem nahgelegenen offenen Zelte, wo sich die Gesellschaft nun versammelte und ein fröhliches Nachtmahl bereitet hatte. Alle begrüßten ihn wie alte Bekannte, manche schöne Augen ruhten in freudigem Erstaunen auf der jungen blühenden Gestalt.

Nach mancherlei lustigem Gespräch lagerten sich bald alle um den runden Tisch, der in der Mitte des Zeltes stand. Erquickliche Früchte und Wein in hell geschliffenen Gläsern funkelten von dem blendend weißen Gedeck, in silbernen Gefäßen dufteten große Blumensträuße, zwischen denen die hübschen Mädchengesichter anmutig hervorsahen; draußen spielten die letzten Abendlichter golden auf dem Rasen und dem Flusse, der spiegelglatt vor dem Zelte dahinglitt. Florio hatte sich fast unwillkürlich zu der niedlichen Ballspielerin gesellt. Sie erkannte ihn sogleich wieder und saß still und schüchtern da, aber die langen, furchtsamen Augenwimpern hüteten nur schlecht die dunkel glühenden Blicke.

Es war ausgemacht worden, dass jeder in die Runde seinem Liebchen mit einem kleinen improvisierten Liedchen zutrinken solle. Der leichte Gesang, der nur gaukelnd wie ein Frühlingswind die Oberfläche des Lebens berührte, ohne es in sich selbst zu versenken, bewegte fröhlich den Kranz heiterer Bilder um die Tafel. Florio war recht innerlichst vergnügt, alle blöde Bangigkeit war von seiner Seele genommen, und er sah fast träumerisch still vor fröhlichen Gedanken zwischen den Lichtern und Blumen in die wunderschöne, langsam in die Abendgluten versinkende Landschaft vor sich hinaus. Und als nun auch an ihn die Reihe kam, seinen Trinkspruch zu sagen, hob er sein Glas in die Höh und sang:

Jeder nennet froh die Seine,
Ich nur stehe hier alleine
Denn was früge wohl die Eine:
Wen der Fremdling eben meine?
Und so muss ich, wie im Strome dort die Welle,
Ungehört verrauschen an des Frühlings Schwelle.

Seine schöne Nachbarin sah bei diesen Worten beinah schelmisch an ihm herauf und senkte schnell wieder das Köpfchen, da sie seinem Blicke begegnete. Aber er hatte so herzlich bewegt gesungen und neigte sich nun mit den schönen bittenden Augen so dringend herüber, dass sie es willig geschehen ließ, als er sie schnell auf die roten, heißen Lippen küsste. – „Bravo, Bravo!", riefen mehrere Herren, ein mutwilliges, aber argloses Lachen erschallte um den Tisch. – Florio stürzte hastig und verwirrt sein Glas hinunter, die schöne Geküsste schauete hochrot in den Schoß und sah so unter dem vollen Blumenkranze unbeschreiblich reizend aus.

So hatte ein jeder der Glücklichen sein Liebchen in dem Kreise sich heiter erkoren. Nur Fortunato allein gehörte allen oder keiner an und erschien fast einsam in dieser anmutigen Verwirrung. Er war ausgelassen lustig und mancher hätte ihn wohl übermütig genannt, wie er so wild wechselnd in Witz, Ernst und Scherz sich ganz und gar losließ, hätte er dabei nicht wieder mit so frommklaren Augen beinah wunderbar dreingeschaut. Florio hatte sich fest vorgenommen, ihm über Tische einmal so recht seine Liebe und Ehrfurcht, die er längst für ihn hegte, zu sagen. Aber es wollte heute nicht gelingen, alle leisen Versuche glitten an der spröden Lustigkeit des Sängers ab. Er konnte ihn gar nicht begreifen.

Draußen war indes die Gegend schon stiller geworden und feierlich, einzelne Sterne traten zwischen den Wipfeln der dunkelnden Bäume hervor, der Fluss rauschte stärker durch die erquickende Kühle. Da war auch zuletzt an Fortunato die Reihe zu singen gekommen. Er sprang rasch auf, griff in seine Gitarre und sang:

Was klingt mir so heiter
Durch Busen und Sinn?
Zu Wolken und weiter
Wo trägt es mich hin?

Wie auf Bergen hoch bin ich
So einsam gestellt
Und grüße herzinnig,
Was schön auf der Welt.

Ja, Bacchus, dich seh ich,
Wie göttlich bist du!
Dein Glühen versteh ich,
Die träumende Ruh.

O rosenbekränztes
Jünglingsbild,
Dein Auge, wie glänzt es,
Die Flammen so mild!

Ist's Liebe, ist's Andacht,
Was so dich beglückt?
Rings Frühling dich anlacht.
Du sinnest entzückt. –

Frau Venus, du frohe,
So klingend und weich,
In Morgenrots Lohe
Erblick ich dein Reich

Auf sonnigen Hügeln
Wie ein Zauberring. –
Zart' Bübchen mit Flügeln
Bedienen dich flink,

Durchsäuseln die Räume
Und laden, was fein,
Als goldene Träume
Zur Königin ein.

Und Ritter und Frauen
Im grünen Revier
Durchschwärmen die Auen
Wie Blumen zur Zier.

Und jeglicher hegt sich
Sein Liebchen im Arm,
So wirrt und bewegt sich
Der selige Schwarm. –

Hier änderte er plötzlich Weise und Ton und fuhr fort:

Die Klänge verrinnen,
Es bleichet das Grün,
Die Frauen stehn sinnend,
Die Ritter schaun kühn.

Und himmlisches Sehnen
Geht singend durch's Blau,
Da schimmert von Tränen
Rings Garten und Au. –

Und mitten im Feste
Erblick ich, wie mild!
Den stillsten der Gäste. –
Woher, einsam Bild?

Mit blühendem Mohne,
Der träumerisch glänzt,
Und Lilienkrone
Erscheint er bekränzt.

Sein Mund schwillt zum Küssen
So lieblich und bleich,
Als brächt er ein Grüßen
Aus himmlischem Reich.

Eine Fackel wohl trägt er,
Die wunderbar prangt.
„Wo ist einer", frägt er,
„Dem heimwärts verlangt?"

Und manchmal da drehet
Die Fackel er um –
Tiefschauend vergehet
Die Welt und wird stumm.

Und was hier versunken
Als Blumen zum Spiel,
Siehst oben du funkeln
Als Sterne nun kühl. –

O Jüngling vom Himmel,
Wie bist du so schön!
Ich lass das Gewimmel,
Mit dir will ich gehn!

Was will ich noch hoffen?
Hinauf, ach hinauf!
Der Himmel ist offen,
Nimm, Vater, mich auf!

Fortunato war still und alle die Übrigen auch, denn wirklich draußen waren nun die Klänge verronnen und die Musik, das Gewimmel und alle die gaukelnde Zauberei nach und nach verhallend untergegangen vor dem unermesslichen Sternenhimmel und dem gewaltigen Nachtgesange der Ströme und Wälder. Da trat ein hoher, schlanker Ritter in reichem Geschmeide, das grünlichgoldene Scheine zwischen die im Winde flackernden Lichter warf, in das Zelt herein. Sein Blick aus tiefen Augenhöhlen war irre flammend, das Gesicht schön, aber blass und wüst. Alle dachten bei seinem plötzlichen Erscheinen unwillkürlich schaudernd an den stillen Gast in Fortunatos Liede. – Er aber begab sich nach einer flüchtigen Verbeugung gegen die Gesellschaft zu dem Büfett des Zeltwirtes und schlürfte hastig dunkelroten Wein mit den bleichen Lippen in langen Zügen hinunter.

Florio fuhr ordentlich zusammen, als der Seltsame sich darauf vor allen andern zu ihm wandte und ihn als einen früheren Bekannten in Lucca willkommen hieß. Erstaunt und nachsinnend betrachtete er ihn von oben bis unten, denn er wusste sich durchaus nicht zu erinnern, ihn jemals gesehn zu haben. Doch war der Ritter ausnehmend beredt und sprach viel über mancherlei Begebenheiten aus Florios früheren Tagen. Auch war er so genau bekannt mit der Gegend seiner Heimat, dem Garten und jedem heimischen Platz, der Florio herzlich lieb war aus alter Zeit, dass sich derselbe bald mit der dunkeln Gestalt auszusöhnen anfing.

In die übrige Gesellschaft indes schien Donati, so nannte sich der Ritter, nirgends hineinzupassen. Eine ängstliche Störung, deren Grund sich niemand anzugeben wusste, wurde überall sichtbar. Und da unterdes auch die Nacht nun völlig hereingekommen war, so brachen bald alle auf.

Es begann nun ein wunderliches Gewimmel von Wagen, Pferden, Dienern und hohen Windlichtern, die seltsame Scheine auf das nahe Wasser, zwischen die Bäume und die schönen wirrenden Gestalten umherwarfen. Donati erschien in der wilden Beleuchtung noch viel bleicher und schauerlicher als vorher. Das schöne Fräulein mit dem Blumenkranze hatte ihn beständig mit heimlicher Furcht von der Seite angesehen. Nun, da er gar auf sie zukam, um ihr mit ritterlicher Artigkeit auf den Zelter zu helfen, drängte sie sich scheu an den zurückstehenden Florio, der die Liebliche mit klopfendem Herzen in den Sattel hob. Alles war unterdes reisefertig, sie nickte ihm noch einmal von ihrem zierlichen Sitze freundlich zu, und bald war die ganze schimmernde Erscheinung in der Nacht verschwunden.

Es war Florio recht sonderbar zu Mute, als er sich plötzlich so allein mit Donati und dem Sänger auf dem weiten, leeren Platze befand. Seine Gitarre im Arme ging der Letztere am Ufer des Flusses vor dem Zelte auf und nieder und schien auf neue Weisen zu sinnen, während er einzelne Töne griff, die beschwichtigend über die stille Wiese dahinzogen. Dann brach er plötzlich ab. Ein seltsamer Missmut schien über seine sonst immer klaren Züge zu fliegen, er verlangte ungeduldig fort.

Alle drei bestiegen daher nun auch ihre Pferde und zogen miteinander der nahen Stadt zu. Fortunato sprach kein Wort unterwegs, desto freundlicher ergoss sich Donati in wohlgesetzten zierlichen Reden; Florio, noch im Nachklange der Lust, ritt still wie ein träumendes Mädchen zwischen beiden.

Als sie ans Tor kamen, stellte sich Donatis Ross, das schon vorher vor manchem Vorübergehenden gescheuet, plötzlich fast gerade in die Höh und wollte nicht hinein. Ein funkelnder Zornesblitz fuhr, fast verzerrend, über das Gesicht des Reiters, und ein wilder, nur halb ausgesprochener Fluch aus den zuckenden Lippen, worüber Florio nicht wenig erstaunte, da ihm solches Wesen zu der sonstigen feinen und besonnenen Anständigkeit des Ritters ganz und gar nicht zu passen schien. Doch fasste sich dieser bald wieder. „Ich wollte Euch bis in die Herberge begleiten“, sagte er lächelnd und mit der gewohnten Zierlichkeit zu Florio gewendet, „aber mein Pferd will es anders, wie Ihr seht. Ich bewohne hier vor der Stadt ein Landhaus, wo ich Euch recht bald bei mir zu sehen hoffe.“ – Und hiermit verneigte er sich, und das Pferd, in unbegreiflicher Hast und Angst kaum mehr zu halten, flog pfeilschnell mit ihm in die Dunkelheit fort, dass der Wind hinter ihm dreinpfiff.

„Gott sei Dank“, rief Fortunato aus, „dass ihn die Nacht wieder verschlungen hat! Kam er mir doch wahrhaftig vor wie einer von den falben, ungestalten Nachtschmetterlingen, die wie aus einem phantastischen Traume entflogen durch die Dämmerung schwirren und mit ihrem langen Katzenbarte und grässlich großen Augen ordentlich ein Gesicht haben wollen.“ Florio, der sich mit Donati schon ziemlich befreundet hatte, äußerte seine Verwunderung über dieses harte Urteil. Aber der Sänger, durch solche erstaunliche Sanftmut nur immer mehr gereizt, schimpfte lustig fort und nannte den Ritter, zu Florios heimlichem Ärger, einen Mondscheinjäger, einen Schmachthahn, einen Renommisten in der Melancholie.

Unter solcherlei Gesprächen waren sie endlich bei der Herberge angelangt, und jeder begab sich bald in das ihm angewiesene Gemach.

Florio warf sich angekleidet auf das Ruhebett hin, aber er konnte lange nicht einschlafen. In seiner von den Bildern des Tages aufgeregten Seele wogte und hallte und sang es noch immer fort. Und wie die Türen im Hause nun immer seltner auf- und zugingen, nur manchmal noch eine Stimme erschallte, bis endlich Haus, Stadt und Feld in tiefe Stille versank: da war es ihm, als führe er mit schwanenweißen Segeln einsam auf einem mondbeglänzten Meer. Leise schlugen die Wellen an das Schiff, Sirenen tauchten aus dem Wasser, die alle aussahen wie das schöne Mädchen mit dem Blumenkranze vom vorigen Abend. Sie sang so wunderbar, traurig und ohne Ende, als müsse er vor Wehmut untergehn. Das Schiff neigte sich unmerklich und sank langsam immer tiefer und tiefer. – Da wachte er erschrocken auf.

Er sprang von seinem Bett und öffnete das Fenster. Das Haus lag am Ausgange der Stadt, er übersah einen weiten stillen Kreis von Hügeln, Gärten und Tälern, vom Monde klar beschienen. Auch da draußen war es überall in den Bäumen und Strömen noch wie im Verhallen und Nachhallen der vergangenen Lust, als sänge die ganze Gegend leise, gleich den Sirenen, die er im Schlummer gehört. Da konnte er der Versuchung nicht widerstehen. Er ergriff die Gitarre, die Fortunato bei ihm zurückgelassen, verließ das Zimmer und ging leise durch das ruhige Haus hinab. Die Türe unten war nur angelehnt, ein Diener lag eingeschlafen auf der Schwelle. So kam er unbemerkt ins Freie und wandelte fröhlich zwischen Weingärten durch leere Alleen an schlummernden Hütten vorüber immer weiter fort.

Zwischen den Rebengeländern hinaus sah er den Fluss im Tale; viele weiß glänzende Schlösser, hin und wieder zerstreut, ruhten wie eingeschlafne Schwäne unten in dem Meer von Stille. Da sang er mit fröhlicher Stimme:

Wie kühl schweift sich's bei nächt'ger Stunde,
Die Zither treulich in der Hand!
Vom Hügel grüß ich in die Runde
Den Himmel und das stille Land.

Wie ist da alles so verwandelt,
Wo ich so fröhlich war, im Tal.
Im Wald wie still, der Mond nur wandelt
Nun durch den hohen Buchensaal.

Der Winzer Jauchzen ist verklungen
Und all der bunte Lebenslauf,
Die Ströme nur, im Tal geschlungen,
Sie blicken manchmal silbern auf.

Und Nachtigallen wie aus Träumen
Erwachen oft mit süßem Schall,
Erinnernd rührt sich in den Bäumen,
Ein heimlich Flüstern überall. –

Die Freude kann nicht gleich verklingen,
Und von des Tages Glanz und Lust
Ist so auch mir ein heimlich Singen
Geblieben in der tiefsten Brust.

Und fröhlich greif ich in die Saiten,
O Mädchen, jenseits überm Fluss,
Du lauschest wohl und hörst's von weiten
Und kennst den Sänger an dem Gruß!

Er musste über sich selber lachen, da er am Ende nicht wusste, wem er das Ständchen brachte. Denn die reizende Kleine mit dem Blumenkranze war es lange nicht mehr, die er eigentlich meinte. Die Musik bei den Zelten, der Traum auf seinem Zimmer und sein die Klänge und den Traum und die zierliche Erscheinung des Mädchens nachträumendes Herz hatte ihr Bild unmerklich und wundersam verwandelt in ein viel schöneres, größeres und herrlicheres, wie er es noch nirgend gesehen.

So in Gedanken schritt er noch lange fort, als er unerwartet bei einem großen, von hohen Bäumen rings umgebenen Weiher anlangte. Der Mond, der eben über die Wipfel trat, beleuchtete scharf ein marmornes Venusbild, das dort dicht am Ufer auf einem Steine stand, als wäre die Göttin soeben erst aus den Wellen aufgetaucht und betrachte nun, selber verzaubert, das Bild der eigenen Schönheit, das der trunkene Wasserspiegel zwischen den leise aus dem Grunde aufblühenden Sternen widerstrahlte. Einige Schwäne beschrieben still ihre einförmigen Kreise um das Bild, ein leises Rauschen ging durch die Bäume rings umher.

Florio stand wie eingewurzelt im Schauen, denn ihm kam jenes Bild wie eine lang gesuchte, nun plötzlich erkannte Geliebte vor, wie eine Wunderblume, aus der Frühlingsdämmerung und träumerischen Stille seiner frühesten Jugend heraufgewachsen. Je länger er hinsah, je mehr schien es ihm, als schlüge es die seelenvollen Augen langsam auf, als wollten sich die Lippen bewegen zum Gruße, als blühe Leben wie ein lieblicher Gesang erwärmend durch die schönen Glieder herauf. Er hielt die Augen lange geschlossen vor Blendung, Wehmut und Entzücken. –

Als er wieder aufblickte, schien auf einmal alles wie verwandelt. Der Mond sah seltsam zwischen Wolken hervor, ein stärkerer Wind kräuselte den Weiher in trübe Wellen, das Venusbild, so fürchterlich weiß und regungslos, sah ihn fast schreckhaft mit den steinernen Augenhöhlen aus der grenzenlosen Stille an. Ein nie gefühltes Grausen überfiel da den Jüngling. Er verließ schnell den Ort, und immer schneller und ohne auszuruhen eilte er durch die Gärten und Weinberge wieder fort, der ruhigen Stadt zu; denn auch das Rauschen der Bäume kam ihm nun wie ein verständiges, vernehmliches Geflüster vor, und die langen gespenstischen Pappeln schienen mit ihren weitgestreckten Schatten hinter ihm drein zu langen.

So kam er sichtbar verstört in der Herberge an. Da lag der Schlafende noch auf der Schwelle und fuhr erschrocken auf, als Florio an ihm vorüberstreifte. Florio aber schlug schnell die Türe hinter sich zu und atmete erst tief auf, als er oben sein Zimmer betrat. Hier ging er noch lange auf und nieder, ehe er sich beruhigte. Dann warf er sich aufs Bett und schlummerte endlich unter den seltsamsten Träumen ein.

* * *

Am folgenden Morgen saßen Florio und Fortunato unter den hohen, von der Morgensonne durchfunkelten Bäumen vor der Herberge miteinander beim Frühstück. Florio sah blässer als gewöhnlich und angenehm überwacht aus. – „Der Morgen“, sagte

Fortunato lustig, „ist ein recht kerngesunder, wildschöner Gesell, wie er so von den höchsten Bergen in die schlafende Welt hinunterjauchzt und von den Blumen und Bäumen die Tränen schüttelt und wogt und lärmt und singt. Der macht eben nicht sonderlich viel aus den sanften Empfindungen, sondern greift kühl an alle Glieder und lacht einem in's lange Gesicht, wenn man so presshaft und noch ganz wie in Mondschein getaucht vor ihn hinaustritt." – Florio schämte sich nun, dem Sänger, wie er sich anfangs vorgenommen, etwas von dem schönen Venusbilde zu sagen, und schwieg betreten still. Sein Spaziergang in der Nacht war aber von dem Diener an der Haustür bemerkt und wahrscheinlich verraten worden, und Fortunato fuhr lachend fort: „Nun, wenn Ihr's nicht glaubt, versucht es nur einmal und stellt Euch jetzt hierher und sagt zum Exempel: O schöne, holde Seele, o Mondschein, du Blütenstaub zärtlicher Herzen usw., ob das nicht recht zum Lachen wäre! Und doch wette ich, habt Ihr diese Nacht dergleichen oft gesagt und gewiss ordentlich ernsthaft dabei ausgesehen. –"

Florio hatte sich Fortunato ehedem immer so still und sanftmütig vorgestellt, nun verwundete ihn recht innerlichst die kecke Lustigkeit des geliebten Sängers. Er sagte hastig, und die Tränen traten ihm dabei in die seelenvollen Augen: „Ihr sprecht da sicherlich anders, als Euch selber zumute ist, und das solltet Ihr nimmermehr tun. Aber ich lasse mich von Euch nicht irremachen, es gibt noch sanfte und hohe Empfindungen, die wohl schamhaft sind, aber sich nicht zu schämen brauchen, und ein stilles Glück, das sich vor dem lauten Tage verschließt und nur dem Sternenhimmel den heiligen Kelch öffnet wie eine Blume, in der ein Engel wohnt." Fortunato sah den Jüngling verwundert an, dann rief er aus: „Nun wahrhaftig, Ihr seid recht ordentlich verliebt!"

Man hatte unterdes Fortunato, der spazieren reiten wollte, sein Pferd vorgeführt. Freundlich streichelte er den gebogenen Hals des zierlich aufgeputzten Rössleins, das mit fröhlicher Ungeduld den Rasen stampfte. Dann wandte er sich noch einmal zu Florio und reichte ihm gutmütig lächelnd die Hand. „Ihr tut mir doch leid", sagte er, „es gibt gar zu viele sanfte, gute, besonders verliebte junge Leute, die ordentlich versessen sind auf Unglücklichsein. Lasst das, die Melancholie, den Mondschein und all den Plunder; und geht's auch manchmal wirklich schlimm, nur frisch heraus in Gottes freien Morgen und da draußen sich recht abgeschüttelt; im Gebet aus Herzensgrund – und es müsste wahrlich mit dem Bösen zugehen, wenn Ihr nicht so recht durch und durch fröhlich und stark werdet!" Und hiermit schwang er sich schnell auf sein Pferd und ritt zwischen den Weinbergen und blühenden

Gärten in das farbige, schallende Land hinein, selber so bunt und freudig anzuschauen wie der Morgen vor ihm.

Florio sah ihm lange nach, bis die Glanzeswogen über dem fernen Meer zusammenschlugen. Dann ging er hastig unter den Bäumen auf und nieder. Ein tiefes, unbestimmtes Verlangen war von den Erscheinungen der Nacht in seiner Seele zurückgeblieben. Dagegen hatte ihn Fortunato durch seine Reden seltsam verstört und verwirrt. Er wusste nun selbst nicht mehr, was er wollte, gleich einem Nachtwandler, der plötzlich bei seinem Namen gerufen wird. Sinnend blieb er oftmals vor der wunderreichen Aussicht in das Land hinab stehen, als wollte er das freudig-kräftige Walten da draußen um Auskunft fragen. Aber der Morgen spielte nur einzelne Zauberlichter wie durch die Bäume über ihm in sein träumerisch funkelndes Herz hinein, das noch in anderer Macht stand. Denn drinnen zogen die Sterne noch immerfort ihre magischen Kreise, zwischen denen das wunderschöne Marmorbild mit neuer, unwiderstehlicher Gewalt heraufsah.

So beschloss er denn endlich, den Weiher wieder aufzusuchen, und schlug rasch denselben Pfad ein, den er in der Nacht gewandelt.

Wie sah aber dort nun alles so anders aus! Fröhliche Menschen durchirrten geschäftig die Weinberge, Gärten und Alleen, Kinder spielten ruhig auf dem sonnigen Rasen vor den Hütten, die ihn in der Nacht unter den traumhaften Bäumen oft gleich eingeschlafenen Sphinxen erschreckt hatten, der Mond stand fern und verblasst am klaren Himmel, unzählige Vögel sangen lustig im Walde durcheinander. Er konnte gar nicht begreifen, wie ihn damals hier so seltsame Furcht überfallen konnte.

Bald bemerkte er indes, dass er in Gedanken den rechten Weg verfehlt. Er betrachtete aufmerksam alle Plätze und ging zweifelhaft bald zurück, bald wieder vorwärts; aber vergeblich; je emsiger er suchte, je unbekannter und ganz anders kam ihm alles vor.

Lange war er so umhergeirrt. Die Vögel schwiegen schon, der Kreis der Hügel wurde nach und nach immer stiller, die Strahlen der Mittagssonne schillerten sengend über der ganzen Gegend draußen, die wie unter einem Schleier von Schwüle zu schlummern und zu träumen schien. Da kam er unerwartet an ein Tor von Eisengittern, zwischen dessen zierlich vergoldeten Stäben hindurch man in einen weiten, prächtigen Lustgarten hineinsehen konnte. Ein Strom von Kühle und Duft wehte den Ermüdeten erquickend daraus an. Das Tor war nicht verschlossen, er öffnete es leise und trat hinein.

Hohe Buchenhallen empfingen ihn da mit ihren feierlichen Schatten, zwischen denen goldene Vögel wie abgewehte Blüten hin und wider flatterten, während große seltsame Blumen, wie sie Florio niemals gesehen, traumhaft mit ihren gelben und roten Glocken in dem leisen Winde hin und her schwankten. Unzählige Springbrunnen plätscherten, mit vergoldeten Kugeln spielend, einförmig in der großen Einsamkeit. Zwischen den Bäumen hindurch sah man in der Ferne einen prächtigen Palast mit hohen, schlanken Säulen hereinschimmern. Kein Mensch war ringsum zu sehen, tiefe Stille herrschte überall. Nur hin und wieder erwachte manchmal eine Nachtigall und sang wie im Schlummer fast schluchzend. Florio betrachtete verwundert Bäume, Brunnen und Blumen, denn es war ihm, als sei das alles lange versunken und über ihm ginge der Strom der Tage mit leichten, klaren Wellen und unten läge nur der Garten gebunden und verzaubert und träumte von dem vergangenen Leben.

Er war noch nicht weit vorgedrungen, als er Lautenklänge vernahm, bald stärker, bald wieder in dem Rauschen der Springbrunnen leise verhallend. Lauschend blieb er stehn, die Töne kamen immer näher und näher, da trat plötzlich in dem stillen Bogengange eine hohe schlanke Dame von wundersamer Schönheit zwischen den grünen Bäumen hervor, langsam wandelnd und ohne aufzublicken. Sie trug eine prächtige, mit goldnem Bildwerk gezierte Laute im Arm, auf der sie, wie in tiefe Gedanken versunken, einzelne Akkorde griff. Ihr langes goldenes Haar fiel in reichen Locken über die fast bloßen, blendend weißen Achseln bis in den Rücken hinab; die langen weiten Ärmel, wie vom Blütenschnee gewoben, wurden von zierlichen goldenen Spangen gehalten; den schönen Leib umschloss ein himmelblaues Gewand, ringsum an den Enden mit bunt glühenden, wunderbar ineinander verschlungenen Blumen gestickt. Ein heller Sonnenblick durch eine Öffnung des Bogenganges schweifte soeben scharf beleuchtend über die blühende Gestalt. Florio fuhr innerlichst zusammen – es waren unverkennbar die Züge, die Gestalt des schönen Venusbildes, das er heute Nacht am Weiher gesehen. – Sie aber sang, ohne den Fremden zu bemerken:

Was weckst du, Frühling, mich von neuem wieder?
Dass all die alten Wünsche auferstehen,
Geht übers Land ein wunderbares Wehen;
Das schauert mir so lieblich durch die Glieder.

Die schöne Mutter grüßen tausend Lieder,
Die, wieder jung, im Brautkranz süß zu sehen;
Der Wald will sprechen, rauschend Ströme gehen,
Najaden tauchen singend auf und nieder.

Die Rose seh ich gehn aus grüner Klause,
Und, wie so buhlerisch die Lüfte fächeln,
Errötend in die laue Flut sich dehnen.

So mich auch ruft ihr aus dem stillen Hause –
Und schmerzlich nun muss ich im Frühling lächeln,
Versinkend zwischen Duft und Klang vor Sehnen.

So singend wandelte sie fort, bald in dem Grünen verschwindend, bald wieder erscheinend, immer ferner und ferner, bis sie sich endlich in der Gegend des Palastes ganz verlor. Nun war es auf einmal wieder stille, nur die Bäume und Wasserkünste rauschten wie vorher. Florio stand in blühende Träume versunken, es war ihm, als hätte er die schöne Lautenspielerin schon lange gekannt und nur in der Zerstreuung des Lebens wieder vergessen und verloren, als ginge sie nun vor Wehmut zwischen dem Quellenrauschen unter und riefe ihn unaufhörlich, ihr zu folgen. – Tiefbewegt eilte er weiter in den Garten hinein auf die Gegend zu, wo sie verschwunden war. Da kam er unter uralten Bäumen an ein verfallenes Mauerwerk, an dem noch hin und wieder schöne Bildereien halb kenntlich waren. Unter der Mauer, auf zerschlagenen Marmorsteinen und Säulenknäufen, zwischen denen hohes Gras und Blumen üppig hervorschossen, lag ein schlafender Mann ausgestreckt. Erstaunt erkannte Florio den Ritter Donati. Aber seine Mienen schienen im Schlafe sonderbar verändert, er sah fast wie ein Toter aus. Ein heimlicher Schauer überlief Florio bei diesem Anblick. Er rüttelte den Schlafenden heftig. Donati schlug langsam die Augen auf und sein erster Blick war so fremd, stier und wild, dass sich Florio ordentlich vor ihm entsetzte. Dabei murmelte er noch zwischen Schlaf und Wachen einige dunkle Worte, die Florio nicht verstand. Als er sich endlich völlig ermuntert hatte, sprang er rasch auf und sah Florio, wie es schien, mit großem Erstaunen an. „Wo bin ich“, rief dieser hastig, „wer ist die edle Herrin, die in diesem schönen Garten wohnt?“ – „Wie seid Ihr“, fragte dagegen Donati sehr ernst, „in diesen Garten gekommen?“ Florio erzählte kurz den Hergang, worüber der Ritter in ein tiefes Nachdenken versank. Der Jüngling wiederholte darauf dringend seine vorigen Fragen, und Donati sagte zerstreut: „Die Dame ist eine Verwandte von mir, reich und gewaltig, ihr Besitztum ist weit im Lande verbreitet – Ihr findet sie bald da, bald dort – auch in der Stadt Lucca ist sie zuweilen.“ – Florio fielen diese flüchtig hingeworfenen Worte seltsam aufs Herz, denn es wurde ihm nun immer deutlicher, was ihn vorher nur vorübergehend angeflogen, nämlich, dass er die Dame schon einmal in früherer Jugend irgendwo gesehen, doch konnte er sich durchaus nicht klar besinnen.

Sie waren unterdes rasch fortgehend unvermerkt an das vergoldete Gittertor des Gartens gekommen. Es war nicht dasselbe, durch welches Florio vorhin eingetreten. Verwundert sah er sich in der unbekannten Gegend um; weit über die Felder weg lagen die Türme der Stadt im heitern Sonnenglanze. Am Gitter stand Donatis Pferd angebunden und scharrte schnaubend den Boden.

Schüchtern äußerte nun Florio den Wunsch, die schöne Herrin des Gartens künftig einmal wiederzusehen. Donati, der bis dahin noch immer in sich versunken war, schien sich erst hier plötzlich zu besinnen. „Die Dame“, sagte er mit der gewohnten umsichtigen Höflichkeit, „wird sich freuen, Euch kennen zu lernen. Heute jedoch würden wir sie stören, und auch mich rufen dringende Geschäfte nach Hause. Vielleicht kann ich Euch morgen abholen.“ – Und hierauf nahm er in wohlgesetzten Reden Abschied von dem Jüngling, bestieg sein Ross und war bald zwischen den Hügeln verschwunden.

Florio sah ihm lange nach, dann eilte er wie ein Trunkener der Stadt zu. Dort hielt die Schwüle noch alle lebendigen Wesen in den Häusern, hinter den dunkelkühlen Jalousien. Alle Gassen und Plätze waren leer, Fortunato auch noch nicht zurückgekehrt. Dem Glücklichen wurde es hier zu enge in trauriger Einsamkeit. Er bestieg schnell sein Pferd und ritt noch einmal ins Freie hinaus.

„Morgen, morgen!“, schallte es in einem fort durch seine Seele. Ihm war so unbeschreiblich wohl. Das schöne Marmorbild war ja lebend geworden und von seinem Steine in den Frühling hinuntergestiegen, der stille Weiher plötzlich verwandelt zur unermesslichen Landschaft, die Sterne darin zu Blumen und der ganze Frühling ein Bild der Schönen. – Und so durchschweifte er lange die schönen Täler um Lucca, den prächtigen Landhäusern, Kaskaden und Grotten wechselnd vorüber, bis die Wellen des Abendrots über dem Fröhlichen zusammenschlugen.

Die Sterne standen schon klar am Himmel, als er langsam durch die stillen Gassen nach seiner Herberge zog. Auf einem der einsamen Plätze stand ein großes, schönes Haus, vom Monde hell erleuchtet. Ein Fenster war oben geöffnet, an dem er zwischen künstlich gezogenen Blumen hindurch zwei weibliche Gestalten bemerkte, die in ein lebhaftes Gespräch vertieft schienen. Mit Verwunderung hörte er mehrere Mal deutlich seinen Namen nennen. Auch glaubte er in den einzelnen abgerissenen Worten, die die Luft herüberwehte, die Stimme der wunderbaren Sängerin wiederzuerkennen. Doch konnte er vor den im Mondesglanz zitternden Blättern und Blüten nichts genau unterscheiden. Er hielt an, um mehr zu vernehmen. Da bemerkten ihn die beiden Damen, und es wurde auf einmal stille droben.

Unbefriedigt ritt Florio weiter, aber wie er soeben um die Straßenecke bog, sah er, dass sich die eine von den Damen noch einmal ihm nachblickend zwischen den Blumen hinauslehnte und dann schnell das Fenster schloss.

* * *

Am folgenden Morgen, als Florio soeben seine Traumblüten abgeschüttelt und vergnügt aus dem Fenster über die in der Morgensonne funkelnden Türme und Kuppeln der Stadt hinaussah, trat unerwartet der Ritter Donati in das Zimmer. Er war ganz schwarz gekleidet und sah heute ungewöhnlich verstört, hastig und beinah wild aus. Florio erschrak ordentlich vor Freude, als er ihn erblickte, denn er gedachte sogleich der schönen Frau. „Kann ich sie sehen?", rief er ihm schnell entgegen. Donati schüttelte verneinend mit dem Kopfe und sagte, traurig vor sich auf den Boden hinsehend: „Heute ist Sonntag." – Dann fuhr er rasch fort, sich sogleich wieder ermannend: „Aber zur Jagd wollt' ich Euch abholen." – „Zur Jagd?", erwiderte Florio höchst verwundert, „heute, am heiligen Tage?" – „Nun wahrhaftig", fiel ihm der Ritter mit einem grimmigen, abscheulichen Lachen ins Wort, „Ihr wollt doch nicht etwa mit dem Büchlein unterm Arm zur Kirche wandern und im Winkel auf dem Fußschemel knien und andächtig, Gott helf sagen, wenn die Frau Base niest." – „Ich weiß nicht, wie Ihr das meint", sagte Florio, „und Ihr mögt immer über mich lachen, aber ich könnte heut nicht jagen. Wie da draußen alle Arbeit rastet und Wälder und Felder so geschmückt aussehen zu Gottes Ehre, als zögen Engel durch das Himmelblau über sie hinweg – so still, so feierlich und gnadenreich ist diese Zeit!" – Donati stand in Gedanken am Fenster, und Florio glaubte zu bemerken, dass er heimlich schauerte, wie er so in die Sonntagsstille der Felder hinaussah.

Unterdes hatte sich Glockenklang von den Türmen der Stadt erhoben und ging wie ein Beten durch die klare Luft. Da schien

Donati erschrocken, er griff nach seinem Hut und drang beinah ängstlich in Florio, ihn zu begleiten, der es aber beharrlich verweigerte. „Fort, hinaus!“, rief endlich der Ritter halblaut und wie aus tiefster, geklemmter Brust herauf, drückte dem erstaunten Jüngling die Hand und stürzte aus dem Hause fort.

Florio wurde recht heimatlich zumute, als darauf der frische klare Sänger Fortunato wie ein Bote des Friedens zu ihm ins Zimmer trat. Er brachte eine Einladung auf morgen Abend nach einem Landhause vor der Stadt. „Macht Euch nur gefasst“, setzte er hinzu, „Ihr werdet dort eine alte Bekannte treffen!“ Florio erschrak ordentlich und fragte hastig: „Wen?“ Aber Fortunato lehnte lustig alle Erklärungen ab und entfernte sich bald. „Sollte es die schöne Sängerin sein?“, dachte Florio still bei sich, und sein Herz schlug heftig.

Er begab sich dann in die Kirche, aber er konnte nicht beten, er war zu fröhlich zerstreut. Müßig schlenderte er durch die Gassen. Da sah alles so rein und festlich aus, schön geputzte Herren und Damen zogen fröhlich und schimmernd nach den Kirchen. Aber, ach! die Schönste war nicht unter ihnen! – Ihm fiel dabei sein Abenteuer beim gestrigen Heimzuge ein. Er suchte die Gasse auf und fand bald das große, schöne Haus wieder; aber sonderbar! die Türe war geschlossen, alle Fenster fest zu, es schien niemand darin zu wohnen.

Vergeblich schweifte er den ganzen folgenden Tag in der Gegend umher, um nähere Auskunft über seine unbekannte Geliebte zu erhalten oder sie womöglich gar wiederzusehen. Ihr Palast sowie der Garten, den er in jener Mittagsstunde zufällig gefunden, war wie versunken, auch Donati ließ sich nicht erblicken. Ungeduldig schlug daher sein Herz vor Freude und Erwartung, als er endlich am Abend, der Einladung zufolge, mit Fortunato, der fortwährend den Geheimnisvollen spielte, zum Tore hinaus dem Landhause zuritt.

Es war schon völlig dunkel, als sie draußen ankamen. Mitten in einem Garten, wie es schien, lag eine zierliche Villa mit schlanken Säulen, über denen sich von der Zinne ein zweiter Garten von Orangen und vielerlei Blumen duftig erhob. Große Kastanienbäume standen umher und streckten kühn und seltsam beleuchtet ihre Riesenarme zwischen den aus den Fenstern dringenden Scheinen in die Nacht hinaus. Der Herr vom Hause, ein feiner, fröhlicher Mann von mittleren Jahren, den aber Florio früher jemals gesehn zu haben sich nicht erinnerte, empfing den Sänger und seinen Freund herzlich an der Schwelle des Hauses und führte sie die breiten Stufen hinan in den Saal.

Eine fröhliche Tanzmusik scholl ihnen dort entgegen, eine große Gesellschaft bewegte sich bunt und zierlich durcheinander im Glanze unzähliger Lichter, die gleich Sternenkreisen in kristallenen Leuchtern über dem lustigen Schwarme schwebten. Einige tanzten, andere ergötzten sich in lebhaftem Gespräch, viele waren maskiert und gaben unwillkürlich durch ihre wunderliche Erscheinung dem anmutigen Spiele oft plötzlich eine tiefe, fast schauerliche Bedeutung.

Florio stand noch still geblendet, selber wie ein anmutiges Bild, zwischen den schönen schweifenden Bildern. Da trat ein zierliches Mädchen an ihn heran, in griechischem Gewande leicht geschürzt, die schönen Haare in künstliche Kränze geflochten. Eine Larve verbarg ihr halbes Gesicht und ließ die untere Hälfte nun desto rosiger und reizender sehen. Sie verneigte sich flüchtig, überreichte ihm eine Rose und war schnell wieder in dem Schwarme verloren.

In demselben Augenblick bemerkte er auch, dass der Herr vom Hause dicht bei ihm stand, ihn prüfend ansah, aber schnell wegblickte, als Florio sich umwandte. –

Verwundert durchstrich nun der Letztere die rauschende Menge. Was er heimlich gehofft, fand er nirgends, und er machte sich beinah Vorwürfe, dem fröhlichen Fortunato so leichtsinnig auf dieses Meer von Lust gefolgt zu sein, das ihn nun immer weiter von jener einsamen hohen Gestalt zu verschlagen schien. Sorglos umspülten indes die losen Wellen, schmeichlerisch neckend, den Gedankenvollen und tauschten ihm unmerklich die Gedanken aus. Wohl kommt die Tanzmusik, wenn sie auch nicht unser Innerstes erschüttert und umkehrt, recht wie ein Frühling leise und gewaltig über uns, die Töne tasten zauberisch wie die ersten Sommerblicke nach der Tiefe und wecken alle die Lieder, die unten gebunden schliefen, und Quellen und Blumen und uralte Erinnerungen und das ganze eingefrorne, schwere, stockende Leben wird ein leichter klarer Strom, auf dem das Herz mit rauschenden Wimpeln den lange aufgegebenen Wünschen fröhlich wieder zufährt. So hatte die allgemeine Lust auch Florio gar bald angesteckt, ihm war recht leicht zumute, als müssten sich alle Rätsel, die so schwül auf ihm lasteten, lösen.

Neugierig suchte er nun die niedliche Griechin wieder auf. Er fand sie in einem lebhaften Gespräch mit andern Masken, aber er bemerkte wohl, dass auch ihre Augen mitten im Gespräch suchend abseits schweiften und ihn schon von ferne wahrgenommen hatten. Er forderte sie zum Tanze. Sie verneigte sich freundlich, aber ihre bewegliche Lebhaftigkeit schien wie gebrochen, als er ihre Hand berührte und festhielt. Sie folgte ihm still und mit gesenktem Köpfchen, man wusste nicht, ob schelmisch, oder traurig. Die Musik begann, und er konnte keinen Blick verwenden von der reizenden Gauklerin, die ihn gleich den Zaubergestalten auf den alten fabelhaften Schildereien umschwebte. „Du kennst mich“, flüsterte sie kaum hörbar ihm zu, als sich einmal im Tanze ihre Lippen flüchtig beinah berührten.

Der Tanz war endlich aus, die Musik hielt plötzlich inne; da glaubte Florio seine schöne Tänzerin am anderen Ende des Saales *noch einmal* wiederzusehen. Es war dieselbe Tracht, dieselben Farben des Gewandes, derselbe Haarschmuck. Das schöne Bild schien unverwandt auf ihn herzusehen und stand fortwährend still im Schwarme der nun überall zerstreuten Tänzer, wie ein heiteres Gestirn zwischen dem leichten, fliegenden Gewölk bald untergeht, bald lieblich wieder erscheint. Die zierliche Griechin schien die Erscheinung nicht zu bemerken oder doch nicht zu beachten, sondern verließ, ohne ein Wort zu sagen, mit einem leisen flüchtigen Händedruck eilig ihren Tänzer.

Der Saal war unterdes ziemlich leer geworden. Alles schwärmte in den Garten hinab, um sich in der lauen Luft zu ergehen, auch jenes seltsame Doppelbild war verschwunden. Florio folgte dem Zuge und schlenderte gedankenvoll durch die hohen Bogengänge. Die vielen Lichter warfen einen zauberischen Schein zwischen das zitternde Laub. Die hin und her schweifenden Masken mit ihren veränderten grellen Stimmen und wunderbarem Aufzuge nahmen sich hier in der ungewissen Beleuchtung noch viel seltsamer und fast gespenstisch aus.

Er war eben, unwillkürlich einen einsamen Pfad einschlagend, ein wenig von der Gesellschaft abgekommen, als er eine liebliche Stimme zwischen den Gebüschen singen hörte:

Über die beglänzten Gipfel
Fernher kommt es wie ein Grüßen,
Flüsternd neigen sich die Wipfel,
Als ob sie sich wollten küssen.

Ist er doch so schön und milde!
Stimmen gehen durch die Nacht,
Singen heimlich von dem Bilde –
Ach, ich bin so froh erwacht!

Plaudert nicht so laut, ihr Quellen!
Wissen darf es nicht der Morgen!
In der Mondnacht linde Wellen
Senk ich stille Glück und Sorgen. –

Florio folgte dem Gesange und kam auf einen offnen runden Rasenplatz, in dessen Mitte ein Springbrunnen lustig mit den Funken des Mondlichts spielte. Die Griechin saß, wie eine schöne Najade, auf dem steinernen Becken. Sie hatte die Larve abgenommen und spielte gedankenvoll mit einer Rose in dem schimmernden Wasserspiegel. Schmeichlerisch schweifte der Mondschein über den blendend weißen Nacken auf und nieder, ihr Gesicht konnte er nicht sehen, denn sie hatte ihm den Rücken zugekehrt. – Als sie die Zweige hinter sich rauschen hörte, sprang das schöne Bildchen rasch auf, steckte die Larve vor und floh, schnell wie ein aufgescheuchtes Reh, wieder zur Gesellschaft zurück.

Florio mischte sich nun auch wieder in die bunten Reihen der Spaziergehenden. Manch zierliches Liebeswort schallte da leise durch die laue Luft, der Mondschein hatte mit seinen unsichtbaren Fäden alle die Bilder wie in ein goldnes Liebesnetz verstrickt, in das nur die Masken mit ihren ungeselligen Parodien manche komische Lücke rissen. Besonders hatte Fortunato sich diesen Abend mehrere Mal verkleidet und trieb fortwährend seltsam wechselnd sinnreichen Spuk, immer neu und unerkannt und oft sich selber überraschend durch die Kühnheit und tiefe Bedeutsamkeit seines Spieles, sodass er manchmal plötzlich still wurde vor Wehmut, wenn die andern sich halb totlachen wollten. –

Die schöne Griechin ließ sich indes nirgends sehen, sie schien es absichtlich zu vermeiden, dem Florio wieder zu begegnen.

Dagegen hatte ihn der Herr vom Hause recht in Beschlag genommen. Künstlich und weit ausholend befragte ihn derselbe weitläufig um sein früheres Leben, seine Reisen und seinen künftigen Lebensplan. Florio konnte dabei gar nicht vertraulich werden, denn Pietro, so hieß jener, sah fortwährend so beobachtend aus, als läge hinter allen den feinen Redensarten irgendein besonderer Anschlag auf der Lauer. Vergebens sann er hin und her, dem Grunde dieser zudringlichen Neugier auf die Spur zu kommen.

Er hatte sich soeben wieder von ihm losgemacht, als er, um den Ausgang einer Allee herumbiegend, mehreren Masken begegnete, untere denen er unerwartet die Griechin wieder erblickte. Die Masken sprachen viel und seltsam durcheinander, die eine Stimme schien ihm bekannt, doch konnte er sich nicht deutlich besinnen. Bald darauf verlor sich eine Gestalt nach der andern, bis er sich am Ende, eh er sich dessen recht versah, allein mit dem Mädchen befand. Sie blieb zögernd stehen und sah ihn einige Augenblicke schweigend an. Die Larve war fort, aber ein kurzer, blütenweißer Schleier, mit allerlei wunderlichen goldgestickten Figuren verziert, verdeckte das Gesichtchen. Er wunderte sich, dass die Scheue nun so allein bei ihm aushielt.

„Ihr habt mich in meinem Gesange belauscht", sagte sie endlich freundlich. Es waren die ersten lauten Worte, die er von ihr vernahm. Der melodische Klang ihrer Stimme drang ihm durch die Seele, es war, als rührte sie erinnernd an alles Liebe, Schöne und Fröhliche, das er im Leben erfahren. Er entschuldigte seine Kühnheit und sprach verwirrt von der Einsamkeit, die ihn verlockt, seiner Zerstreuung, dem Rauschen der Wasserkunst. – Einige Stimmen näherten sich unterdes dem Platze. Das Mädchen blickte scheu um sich und ging rasch tiefer in die Nacht hinein. Sie schien es gern zu sehen, dass Florio ihr folgte.

Kühn und vertraulicher bat er sie nun, sich nicht länger zu verbergen oder doch ihren Namen zu sagen, damit ihre liebliche Erscheinung unter den tausend verwirrenden Bildern des Tages ihm nicht wieder verloren ginge. „Lasst das", erwiderte sie träumerisch, „nehmt die Blumen des Lebens fröhlich, wie sie der Augenblick gibt, und forscht nicht nach den Wurzeln im Grunde, denn unten ist es freudlos und still." Florio sah sie erstaunt an; er begriff nicht, wie solche rätselhaften Worte in den Mund des heitern Mädchens kamen. Das Mondlicht fiel eben wechselnd zwischen den Bäumen auf ihre Gestalt. Da kam es ihm auch vor, als sei sie nun größer, schlanker und edler als vorhin beim Tanze und am Springbrunnen.

Sie waren indes bis an den Ausgang des Gartens gekommen. Keine Lampe brannte mehr hier, nur manchmal hörte man noch eine Stimme in der Ferne verhallend. Draußen ruhte der weite Kreis der Gegend still und feierlich im prächtigen Mondschein. Auf einer Wiese, die vor ihnen lag, bemerkte Florio mehrere Pferde und Menschen, in dem Dämmerlichte halbkenntlich durcheinander wirrend.

Hier blieb seine Begleiterin plötzlich stehen. „Es wird mich freuen", sagte sie, „Euch einmal in meinem Hause zu sehen. Unser Freund wird Euch hingeleiten. – Lebt wohl!" – Bei diesen Worten schlug sie den Schleier zurück, und Florio fuhr erschrocken zusammen. – Es war die wunderbare Schöne, deren Gesang er in jenem mittagschwülen Garten belauscht. – Aber ihr Gesicht, das der Mond hell beschien, kam ihm bleich und regungslos vor, fast wie damals das Marmorbild am Weiher.

Er sah nun, wie sie über die Wiese dahinging, von mehreren reich geschmückten Dienern empfangen wurde und in einem schnell umgeworfenen schimmernden Jagdkleide einen schneeweißen Zelter bestieg. Wie fest gebannt von Staunen, Freude und einem heimlichen Grauen, das ihn innerlichst überschlich, blieb er stehen, bis Pferde, Reiter und die ganze seltsame Erscheinung in die Nacht verschwunden war.

Ein Rufen aus dem Garten weckte ihn endlich aus seinen Träumen. Er erkannte Fortunatos Stimme und eilte, den Freund zu erreichen, der ihn schon längst vermisst und vergebens aufgesucht hatte. Dieser wurde seiner kaum gewahr, als er ihm schon entgegensang:

Still in Luft
Es gebart,
Aus dem Duft
Hebt's sich zart,
Liebchen ruft,
Liebster schweift
Durch die Luft;
Sternwärts greift,
Seufzt und ruft,
Herz wird bang,
Matt wird Duft,
Zeit wird lang –
Mondscheinduft
Luft in Luft
Bleibt Liebe und Liebste, wie sie gewesen!

„Aber wo seid Ihr denn auch so lange herumgeschwebt?", schloss er endlich lachend. – Um keinen Preis hätte Florio sein Geheimnis verraten können. „Lange?", erwiderte er nur, selber erstaunt. Denn in der Tat war der Garten unterdes ganz leer geworden, alle Beleuchtung fast erloschen, nur wenige Lampen flackerten noch ungewiss, wie Irrlichter, im Winde hin und her.

Fortunato drang nicht weiter in den Jüngling, und schweigend stiegen sie in dem still gewordenen Hause die Stufen hinan. „Ich löse nun mein Wort", sagte Fortunato, indem sie auf der Terrasse über dem Dache der Villa anlangten, wo noch eine kleine Gesellschaft unter dem heiter gestirnten Himmel versammelt war. Florio erkannte sogleich mehrere Gesichter, die er an jenem ersten fröhlichen Abend bei den Zelten gesehen. Mitten unter ihnen erblickte er auch seine schöne Nachbarin wieder. Aber der fröhliche Blumenkranz fehlte heute in den Haaren, ohne Band, ohne Schmuck wallten die schönen Locken um das Köpfchen und den zierlichen Hals. Er stand fast betroffen still bei dem Anblick. Die Erinnerung an jenen Abend überflog ihn mit einer seltsam wehmütigen Gewalt. Es war ihm, als sei das schon lange her, so ganz anders war alles seitdem geworden.

Das Fräulein wurde Bianca genannt und ihm als Pietros Nichte vorgestellt. Sie schien ganz verschüchtert, als er sich ihr näherte, und wagte es kaum, zu ihm aufzublicken. Er äußerte ihr seine Verwunderung, sie diesen Abend hindurch nicht gesehen zu haben. „Ihr habt mich öfter gesehen", sagte sie leise, und er glaubte dieses Flüstern wiederzuerkennen. – Währenddes wurde sie die Rose an seiner Brust gewahr, welche er von der Griechin erhalten, und schlug errötend die Augen nieder. Florio bemerkte es wohl, ihm fiel dabei ein, wie er nach dem Tanze die Griechin doppelt gesehen. Mein Gott! dachte er verwirrt bei sich, wer war denn das?

„Es ist gar seltsam", unterbrach sie ablenkend das Stillschweigen, „so plötzlich aus der lauten Lust in die weite Nacht hinauszutreten. Seht nur, die Wolken gehn oft so schreckhaft wechselnd über den Himmel, dass man wahnsinnig werden müsste, wenn man lange hineinsähe; bald wie ungeheure Mondgebirge mit schwindligen Abgründen und schrecklichen Zacken, ordentlich wie Gesichter, bald wieder wie Drachen, oft plötzlich lange Hälse ausstreckend, und drunter schießt der Fluss heimlich wie eine goldne Schlange durch das Dunkel, das weiße Haus da drüben sieht aus wie ein stilles Marmorbild." – „Wo?", fuhr Florio, bei diesem Worte heftig erschreckt, aus seinen Gedanken auf. – Das Mädchen sah ihn verwundert an, und beide schwiegen einige Augenblicke still. – „Ihr werdet Lucca verlassen?", sagte sie endlich zögernd und leise, als fürchtete sie sich vor einer Antwort. „Nein", erwiderte Florio zerstreut, „doch, ja, ja, bald, recht sehr bald!" Sie schien noch etwas sagen zu wollen, wandte aber plötzlich, die Worte zurückdrängend, ihr Gesicht ab in die Dunkelheit.

Er konnte endlich den Zwang nicht länger aushalten. Sein Herz war so voll und gepresst und doch so überselig. Er nahm schnell Abschied, eilte hinab und ritt ohne Fortunato und alle Begleitung in die Stadt zurück.

Das Fenster in seinem Zimmer stand offen, er blickte flüchtig noch einmal hinaus. Die Gegend draußen lag unkenntlich und still wie eine wunderbar verschränkte Hieroglyphe im zauberischen Mondschein. Er schloss das Fenster fast erschrocken und warf sich auf sein Ruhebett hin, wo er als ein Fieberkranker in die wunderlichsten Träume versank.

Bianca aber saß noch lange auf der Terrasse oben. Alle andern hatten sich zur Ruhe begeben, hin und wieder erwachte schon manche Lerche, mit ungewissem Liede hoch durch die stille Luft schweifend; die Wipfel der Bäume fingen an sich unten zu rühren, falbe Morgenlichter flogen wechselnd über ihr verwachtes, von den freigelassenen Locken nachlässig umwalltes Gesicht. – Man sagt, dass einem Mädchen, wenn sie in einem aus neunerlei Blumen geflochtenen Kranze einschläft, ihr künftiger Bräutigam im Traume erscheine. So eingeschlummert hatte Bianca nach jenem Abend bei den Zelten Florio im Traume gesehen. – Nun war alles Lüge, er war ja so zerstreut, so kalt und fremde! – Sie zerpflückte die trügerischen Blumen, die sie bis jetzt wie einen Brautkranz aufbewahrt. Dann lehnte sie die Stirn an das kalte Geländer und weinte aus Herzensgrunde.

* * *

Mehrere Tage waren seitdem vergangen, da befand sich Florio eines Nachmittags bei Donati auf seinem Landhause vor der Stadt. An einem mit Früchten und kühlem Wein besetzten Tische verbrachten sie die schwülen Stunden unter anmutigen Gesprächen, bis die Sonne schon tief hinabgesunken war. Währenddes ließ Donati seinen Diener auf der Gitarre spielen, der ihr gar liebliche Töne zu entlocken wusste. Die großen, weiten Fenster standen dabei offen, durch welche die lauen Abendlüfte den Duft vielfacher Blumen, mit denen das Fenster besetzt war, hineinwehten. Draußen lag die Stadt im farbigen Duft zwischen den Gärten und Weinbergen, von denen ein fröhliches Schallen durch die Fenster heraufkam. Florio war innerlichst vergnügt, denn er gedachte im Stillen immerfort der schönen Frau.

Währenddem ließen sich draußen Waldhörner aus der Ferne vernehmen. Bald näher, bald weit, gaben sie einander unablässig anmutig Antwort von den grünen Bergen. Donati trat ans Fenster. „Das ist die Dame“, sagte er, „die Ihr in dem schönen Garten gesehen habt, sie kehrt soeben von der Jagd nach ihrem Schlosse zurück.“ Florio blickte hinaus. Da sah er das Fräulein auf einem schönen Zelter unten über den grünen Anger ziehen. Ein Falke, mit einer goldenen Schnur an ihren Gürtel befestigt, saß auf ihrer Hand, ein Edelstein an ihrer Brust warf in der Abendsonne lange, grünlichgoldne Scheine über die Wiese hin. Sie nickte freundlich zu ihm herauf.

„Das Fräulein ist nur selten zu Hause“, sagte Donati, „wenn es Euch gefällig wäre, könnten wir sie noch heute besuchen.“ Florio fuhr bei diesen Worten freudig aus dem träumerischen Schauen, in das er versunken stand, er hätte dem Ritter um den Hals fallen mögen. – Und bald saßen beide draußen zu Pferde.

Sie waren noch nicht lange geritten, als sich der Palast mit seiner heitern Säulenpracht vor ihnen erhob, ringsum von dem schönen Garten wie von einem fröhlichen Blumenkranz umgeben. Von Zeit zu Zeit schwangen sich Wasserstrahlen von den vielen Springbrunnen wie jauchzend bis über die Wipfel der Gebüsche, hell im Abendgolde funkelnd. – Florio verwunderte sich, wie er bisher niemals den Garten wiederfinden konnte. Sein Herz schlug laut vor Entzücken und Erwartung, als sie endlich bei dem Schlosse anlangten.

Mehrere Diener eilten herbei, ihnen die Pferde abzunehmen. Das Schloss selbst war ganz von Marmor, und seltsam, fast wie ein heidnischer Tempel erbaut. Das schöne Ebenmaß aller Teile, die wie jugendliche Gedanken hochaufstrebenden Säulen, die künstlichen Verzierungen, sämtliche Geschichten aus einer fröhlichen, lange versunkenen Welt darstellend, die schönen marmornen Götterbilder endlich, die überall in den Nischen umher standen, alles erfüllte die Seele mit einer unbeschreiblichen Heiterkeit. Sie betraten nun die weite Halle, die durch das ganze Schloss hindurchging. Zwischen den luftigen Säulen glänzte und wehte ihnen überall der Garten duftig entgegen.

Auf den breiten glattpolierten Stufen, die in den Garten hinabführten, trafen sie endlich auch die schöne Herrin des Palastes, die sie mit großer Anmut willkommen hieß. – Sie ruhte, halb liegend, auf einem Ruhebett von köstlichen Stoffen. Das Jagdkleid hatte sie abgelegt, ein himmelblaues Gewand, von einem wunderbar zierlichen Gürtel zusammengehalten, umschloss die schönen Glieder. Ein Mädchen, neben ihr kniend, hielt ihr einen reich verzierten Spiegel vor, während mehrere andere beschäftigt waren, ihre anmutige Gebieterin mit Rosen zu schmücken. Zu ihren Füßen war ein Kreis von Jungfrauen auf dem Rasen gelagert, die sangen mit abwechselnden Stimmen zur Laute, bald hinreißend fröhlich, bald leise klagend, wie Nachtigallen in warmen Sommernächten einander Antwort geben.

In dem Garten selbst sah man überall ein erfrischendes Wehen und Regen. Viele fremde Herren und Damen wandelten da zwischen den Rosengebüschen und Wasserkünsten in artigen Gesprächen auf und nieder. Reichgeschmückte Edelknaben reichten Wein und mit Blumen verdeckte Orangen und Früchte in silbernen Schalen umher. Weiter in der Ferne, wie die Lautenklänge und die Abendstrahlen so über die Blumenfelder dahinglitten, erhoben sich hin und her schöne Mädchen, wie aus Mittagsträumen erwachend, aus den Blumen, schüttelten die dunkeln Locken aus der Stirn, wuschen sich die Augen in den klaren Springbrunnen und mischten sie dann auch in den fröhlichen Schwarm.

Florios Blicke schweiften wie geblendet über die bunten Bilder, immer mit neuer Trunkenheit wieder zu der schönen Herrin des Schlosses zurückkehrend. Diese ließ sich in ihrem kleinen anmutigen Geschäft nicht stören. Bald etwas an ihrem dunkeln duftenden Lockengeflecht verbessernd, bald wieder im Spiegel sich betrachtend, sprach sie dabei fortwährend zu dem Jüngling, mit gleichgültigen Dingen in zierlichen Worten holdselig spielend. Zuweilen wandte sie sich plötzlich um und blickte ihn unter den Rosenkränzen so unbeschreiblich lieblich an, dass es ihm durch die innerste Seele ging.

Die Nacht hatte indes schon angefangen, zwischen die fliegenden Abendlichter hinein zu dunkeln, das lustige Schallen im Garten wurde nach und nach zum leisen Liebesgeflüster, der Mondschein legte sich zauberisch über die schönen Bilder. Da erhob sich die Dame von ihrem blumigen Sitze und fasste Florio freundlich bei der Hand, um ihn in das Innere ihres Schlosses zu führen, von dem er bewundernd gesprochen. Viele von den andern folgten ihnen nach. Sie gingen einige Stufen auf und nieder, die Gesellschaft zerstreute sich inzwischen lustig lachend und scherzend durch die vielfachen Säulengänge, auch Donati war im Schwarme verloren, und bald befand sich Florio mit der Dame allein in einem der prächtigsten Gemächer des Schlosses.

Die schöne Führerin ließ sich hier auf mehrere am Boden liegende seidene Kissen nieder. Sie warf dabei, zierlich wechselnd, ihren weiten, blütenweißen Schleier in die mannigfaltigsten Richtungen, immer schönere Formen bald enthüllend, bald lose verbergend. Florio betrachtete sie mit flammenden Augen. Da begann auf einmal draußen in dem Garten ein wunderschöner Gesang. Es war ein altes frommes Lied, das er in seiner Kindheit oft gehört und seitdem über den wechselnden Bildern der Reise fast vergessen hatte. Er wurde ganz zerstreut, denn es kam ihm zugleich vor, als wäre es Fortunatos Stimme. – „Kennt Ihr den Sänger?“, fragte er rasch die Dame. Diese schien ordentlich erschrocken und verneinte es verwirrt. Dann saß sie lange im stummen Nachsinnen da.

Florio hatte unterdes Zeit und Freiheit, die wunderlichen Verzierungen des Gemaches genau zu betrachten. Es war nur matt durch einige Kerzen erleuchtet, die von zwei ungeheuern, aus der Wand hervorragenden Armen gehalten wurden. Hohe, ausländische Blumen, die in künstlichen Krügen umherstanden, verbreiteten einen berauschenden Duft. Gegenüber stand eine Reihe marmorner Bildsäulen, über deren reizende Formen die schwankenden Lichter lüstern auf und nieder schweiften. Die übrigen Wände füllten köstliche Tapeten mit in Seide gewirkten lebensgroßen Historien von ausnehmender Frische.

Mit Verwunderung glaubte Florio, in allen den Damen, die er in diesen letzteren Schildereien erblickte, die schöne Herrin des Hauses deutlich wiederzuerkennen. Bald erschien sie, den Falken auf der Hand, wie er sie vorhin gesehen hatte, mit einem jungen Ritter auf die Jagd reitend, bald war sie in einem prächtigen Rosengarten vorgestellt, wie ein anderer schöner Edelknabe auf den Knien zu ihren Füßen lag.

Da flog es ihn plötzlich wie von den Klängen des Liedes draußen an, dass er zu Hause in früher Kindheit oftmals ein solches Bild gesehen, eine wunderschöne Dame in derselben Kleidung, einen Ritter zu ihren Füßen, hinten einen weiten Garten mit vielen Springbrunnen und künstlich geschnittenen Alleen, gerade so wie vorhin der Garten draußen erschienen. Auch Abbildungen von Lucca und anderen berühmten Städten erinnerte er sich dort gesehen zu haben.

Er erzählte es nicht ohne tiefe Bewegung der Dame. „Damals“, sagte er, in Erinnerungen verloren, „wenn ich so an schwülen Nachmittagen in dem einsamen Lusthause unseres Gartens vor den alten Bildern stand und die wunderlichen Türme der Städte, die Brücken und Alleen betrachtete, wie da prächtige Karossen fuhren und stattliche Kavaliers einherritten, die Damen in den Wagen begrüßend – da dachte ich nicht, dass das alles einmal lebendig werden würde um mich herum. Mein Vater trat dabei oft zu mir und erzählte mir manch lustiges Abenteuer, das ihm auf seinen jugendlichen Heeresfahrten in der und jener von den abgemalten Städten begegnet. Dann pflegte er gewöhnlich lange Zeit nachdenklich in dem stillen Garten auf und ab zu gehen. – Ich aber warf mich in das tiefste Gras und sah stundenlang zu, wie die Wolken über die schwüle Gegend wegzogen. Die Gräser und Blumen schwankten leise hin und her über mir, als wollten sie seltsame Träume weben, die Bienen summten dazwischen so sommerhaft und in einem fort – ach! das ist alles wie ein Meer von Stille, in dem das Herz vor Wehmut untergehen möchte!“ – „Lasst nur das!“, sagte hier die Dame wie in Zerstreuung, „ein jeder glaubt mich schon einmal gesehen zu haben, denn mein Bild dämmert und blüht wohl in allen Jugendträumen mit herauf.“ Sie streichelte dabei beschwichtigend dem schönen Jüngling die braunen Locken aus der klaren Stirn. – Florio aber stand auf, sein Herz war zu voll und tief bewegt, er trat ans offene Fenster. Da rauschten die Bäume, hin und her schlug eine Nachtigall, in der Ferne blitzte es zuweilen. Über den stillen Garten weg zog immerfort der Gesang wie ein klarer kühler Strom, aus dem die alten Jugendträume herauf tauchten. Die Gewalt dieser Töne hatte seine ganze Seele in tiefe Gedanken versenkt, er kam sich auf einmal hier so fremd und wie aus sich selber verirrt vor. Selbst die letzten Worte der Dame, die er sich nicht recht zu deuten wusste, beängstigten ihn sonderbar – da sagte er leise aus tiefstem Grunde der Seele: „Herr Gott, lass mich nicht verloren gehen in der Welt!“ Kaum hatte er die Worte innerlichst ausgesprochen, als sich draußen ein trüber Wind, wie von dem herannahenden Gewitter, erhob und ihn verwirrend anwehte. Zu gleicher Zeit bemerkte er an dem Fenstergesimse Gras und einzelne Büschel von Kräutern wie auf altem Gemäuer. Eine Schlange fuhr zischend daraus hervor und stürzte mit dem grünlichgoldenen Schweife sich ringelnd in den Abgrund hinunter.

Erschrocken verließ Florio das Fenster und kehrte zu der Dame zurück. Diese saß unbeweglich still, als lausche sie. Dann stand sie rasch auf, ging ans Fenster und sprach mit anmutiger Stimme scheltend in die Nacht hinaus. Florio konnte aber nichts verstehen, denn der Sturm riss die Worte gleich mit sich fort. – Das Gewitter schien indes immer näher zu kommen, der Wind, zwischen dem noch immerfort einzelne Töne des Gesanges herzzerreißend heraufflogen, strich pfeifend durch das ganze Haus und drohte die wild hin und her flackernden Kerzen zu verlöschen. Ein langer Blitz erleuchtete soeben das dämmernde Gemach. Da fuhr Florio plötzlich einige Schritte zurück, denn es war ihm, als stünde die Dame starr mit geschlossenen Augen und ganz weißem Antlitz und Armen vor ihm. – Mit dem flüchtigen Blitzesscheine jedoch verschwand auch das schreckliche Gesicht wieder, wie es entstanden. Die alte Dämmerung füllte wieder das Gemach, die Dame sah ihn wieder lächelnd an wie vorhin, aber stillschweigend und wehmütig, wie mit schwerverhaltenen Tränen.

Florio hatte indes, im Schreck zurücktaumelnd, eines von den steinernen Bildern, die an der Wand herumstanden, angestoßen. In demselben Augenblicke begann dasselbe sich zu rühren, die Regung teilte sich schnell den andern mit, und bald erhoben sich alle die Bilder mit furchtbarem Schweigen von ihrem Gestelle. Florio zog seinen Degen und warf einen ungewissen Blick auf die Dame. Als er aber bemerkte, dass dieselbe, bei den indes immer gewaltiger verschwellenden Tönen des Gesanges im Garten, immer bleicher und bleicher wurde, gleich einer versinkenden Abendröte, worin endlich auch die lieblich spielenden Augensterne unterzugehen schienen, da erfasste ihn ein tödliches Grauen. Denn auch die hohen Blumen in den Gefäßen fingen an, sich wie buntgefleckte bäumende Schlangen grässlich durcheinander zu winden, alle Ritter auf den Wandtapeten sahen auf einmal aus wie er und lachten ihn hämisch an; die beiden Arme, welche die Kerzen hielten, rangen und reckten sich immer länger, als wollte ein ungeheurer Mann aus der Wand sich hervorarbeiten, der Saal füllte sich mehr und mehr, die Flammen des Blitzes warfen grässliche Scheine zwischen die Gestalten, durch deren Gewimmel Florio die steinernen Bilder mit solcher Gewalt auf sich losdringen sah, dass ihm die Haare zu Berge standen. Das Grausen überwältigte alle seine Sinne, er stürzte verworren aus dem Zimmer durch die öden widerhallenden Gemächer und Säulengänge hinab.

Unten im Garten lag seitwärts der stille Weiher, den er in jener ersten Nacht gesehen, mit dem marmornen Venusbilde. – Der Sänger Fortunato, so kam es ihm vor, fuhr abgewendet und hoch aufrecht stehend im Kahne mitten auf dem Weiher, noch einzelne Akkorde in seine Gitarre greifend. – Florio aber hielt auch diese Erscheinung für ein verwirrendes Blendwerk der Nacht und eilte fort und fort, ohne sich umzusehen, bis Weiher, Garten und Palast weit hinter ihm versunken waren. Die Stadt ruhte, hell vom Monde beschienen, vor ihm. Fernab am Horizonte verhallte nur leise ein leichtes Gewitter, es war eine prächtig klare Sommernacht.

Schon flogen einzelne Lichtstreifen über den Morgenhimmel, als er vor den Toren ankam. Er suchte dort heftig Donatis Wohnung auf, ihn wegen der Begebenheiten dieser Nacht zur Rede zu stellen. Das Landhaus lag auf einem der höchsten Plätze mit der Aussicht über die Stadt und die ganze umliegende Gegend. Er fand daher die anmutige Stelle bald wieder. Aber anstatt der zierlichen Villa, in der er gestern gewesen, stand nur eine niedere Hütte da, ganz von Weinlaub überrankt und von einem kleinen Gärtchen umschlossen. Tauben, in den ersten Morgenstrahlen spiegelnd, gingen girrend auf dem Dache auf und nieder, ein tiefer, heiterer Friede herrschte überall. Ein Mann mit dem Spaten auf der Achsel kam soeben aus dem Hause und sang:

> Vergangen ist die finstre Nacht,
> Des Bösen Trug und Zaubermacht,
> Zur Arbeit weckt der lichte Tag;
> Frisch auf, wer Gott noch loben mag!

Er brach sein Lied plötzlich ab, als er den Fremden so bleich und mit verworrenem Haar daherfliegen sah. – Ganz verwirrt fragte Florio nach Donati. Der Gärtner aber kannte den Namen nicht und schien den Fragenden für wahnsinnig zu halten. Seine Tochter dehnte sich auf der Schwelle in die kühle Morgenluft hinauf und sah den Fremden frisch und morgenklar mit den großen, verwunderten Augen an. – „Mein Gott! wo bin ich denn so lange gewesen!“, sagte Florio halb leise in sich und floh eilig zurück durch das Tor und die noch leeren Gassen in die Herberge.

Hier verschloss er sich in sein Zimmer und versank ganz und gar in ein hinstarrendes Nachsinnen. Die unbeschreibliche Schönheit der Dame, wie sie so langsam vor ihm verblich und die anmutigen Augen untergingen, hatte in seinem tiefsten Herzen eine solche unendliche Wehmut zurückgelassen, dass er sich unwiderstehlich sehnte, hier zu sterben. –

In solchem unseligen Brüten und Träumen blieb er den ganzen Tag und die darauffolgende Nacht hindurch.

* * *

Die früheste Morgendämmerung fand ihn schon zu Pferde vor den Toren der Stadt. Das unermüdliche Zureden seines getreuen Dieners hatte ihn endlich zu dem Entschlusse bewogen, diese Gegend gänzlich zu verlassen. Langsam und in sich gekehrt zog er nun die schöne Straße, die von Lucca in das Land hinausführte, zwischen den dunkelnden Bäumen, in denen die Vögel noch schliefen. Da gesellten sich, nicht gar fern von der Stadt, noch drei andere Reiter zu ihm. Nicht ohne heimlichen Schauer erkannte er in dem einen den Sänger Fortunato. Der andere war Fräulein Biancas Oheim, in dessen Landhause er an jenem verhängnisvollen Abende getanzt. Er wurde von einem Knaben begleitet, der stillschweigend und ohne viel aufzublicken neben ihm herritt. Alle drei hatten sich vorgenommen, miteinander das schöne Italien zu durchschweifen, und luden Florio freudig ein, mit ihnen zu reisen. Er aber verneigte sich schweigend, weder einwilligend noch verneinend, und nahm fortwährend an allen ihren Gesprächen nur geringen Anteil.

Die Morgenröte erhob sich indes immer höher und kühler über der wunderschönen Landschaft vor ihnen. Da sagte der heitre Pietro zu Fortunato: „Seht nur, wie seltsam das Zwielicht über dem Gestein der alten Ruine auf dem Berge dort spielt! Wie oft bin ich, schon als Knabe, mit Erstaunen, Neugier und heimlicher Scheu dort herumgeklettert! Ihr seid so vieler Sagen kundig, könnt Ihr uns nicht Auskunft geben von dem Ursprung und Verfall dieses Schlosses, von dem so wunderliche Gerüchte im Lande gehen?“ – Florio warf einen Blick nach dem Berge. In einer großen Einsamkeit lag da altes verfallenes Gemäuer umher, schöne, halb in die Erde versunkene Säulen und künstlich gehauene Steine, alles von einer üppig blühenden Wildnis grün verschlungener Ranken, Hecken und hohen Unkrauts überdeckt. Ein Weiher befand sich daneben, über dem sich ein zum Teil zertrümmertes Marmorbild erhob, hell vom Morgen angeglüht. Es war offenbar dieselbe Gegend, dieselbe Stelle, wo er den schönen Garten und die Dame gesehen hatte. – Er schauerte innerlichst zusammen bei dem Anblicke. – Fortunato aber sagte: „Ich weiß ein altes Lied darauf, wenn ihr damit fürlieb nehmen wollt.“ – Und hiermit sang er, ohne sich lange zu besinnen, mit seiner klaren fröhlichen Stimme in die heitere Morgenluft hinaus:

Von kühnen Wunderbildern
Ein großer Trümmerhauf,
In reizendem Verwildern
Ein blüh’nder Garten drauf.

Versunknes Reich zu Füßen,
Vom Himmel fern und nah,
Aus andrem Reich ein Grüßen –
Das ist Italia!

Wenn Frühlingslüfte wehen
Hold überm grünen Plan,
Ein leises Auferstehen
Hebt in den Tälern an.

Da will sich’s unten rühren,
Im stillen Göttergrab,
Der Mensch kann’s schauernd spüren
Tief in die Brust hinab.

Verwirrend in den Bäumen
Gehn Stimmen hin und her,
Ein sehnsuchtsvolles Träumen
Weht übers blaue Meer.

Und unterm duft’gen Schleier,
Sooft der Lenz erwacht,
Webt in geheimer Feier,
Die alte Zaubermacht.

Frau Venus hört das Locken,
Der Vögel heitern Chor,
Und richtet froh erschrocken
Aus Blumen sich empor.

Sie sucht die alten Stellen,
Das luft'ge Säulenhaus,
Schaut lächelnd in die Wellen
Der Frühlingsluft hinaus.

Doch öd sind nun die Stellen,
Stumm liegt ihr Säulenhaus,
Gras wächst da auf den Schwellen,
Der Wind zieht ein und aus.

Wo sind nun die Gespielen?
Diana schläft im Wald,
Neptunus ruht im kühlen
Meerschloss, das einsam hallt.

Zuweilen nur Sirenen
Noch tauchen aus dem Grund
Und tun in irren Tönen
Die tiefe Wehmut kund. –

Sie selbst muss sinnend stehen
So bleich im Frühlingsschein,
Die Augen untergehen,
Der schöne Leib wird Stein. –

Denn über Land und Wogen
Erscheint, so still und mild,
Hoch auf dem Regenbogen
Ein andres Frauenbild.

Ein Kindlein in den Armen
Die Wunderbare hält,
Und himmlisches Erbarmen
Durchdringt die ganze Welt.

Da in den lichten Räumen
Erwacht das Menschenkind
Und schüttelt böses Träumen
Von seinem Haupt geschwind.

Und, wie die Lerche singend,
Aus schwülen Zaubers Kluft
Erhebt die Seele ringend
Sich in die Morgenluft.

Alle waren still geworden über dem Liede. – „Jene Ruine“, sagte endlich Pietro, „wäre also ein ehemaliger Tempel der Venus, wenn ich Euch sonst recht verstanden?“ „Allerdings“, erwiderte Fortunato, „soviel man an der Anordnung des Ganzen und den noch übriggebliebenen Verzierungen abnehmen kann. Auch sagt man, der Geist der schönen Heidengöttin habe keine Ruhe gefunden. Aus der erschrecklichen Stille des Grabes heißt sie das Andenken an die irdische Lust jeden Frühling immer wieder in die grüne Einsamkeit ihres verfallenen Hauses heraufsteigen und durch teuflisches Blendwerk die alte Verführung üben an jungen sorglosen Gemütern, die dann vom Leben abgeschieden und doch auch noch nicht aufgenommen in den Frieden der Toten zwischen wilder Lust und schrecklicher Reue, an Leib und Seele verloren, umherirren und in der entsetzlichsten Täuschung sich selber verzehren. Gar häufig will man auf demselben Platze Anfechtungen von Gespenstern verspürt haben, wo sich bald eine wunderschöne Dame, bald mehrere ansehnliche Kavaliers sehen lassen und die Vorübergehenden in einen dem Auge vorgestellten erdichteten Garten und Palast führen.“ – „Seid Ihr jemals droben gewesen?“, fragte hier Florio rasch, aus seinen Gedanken erwachend. – „Erst vorgestern abends“, entgegnete Fortunato. – „Und habt Ihr nichts Erschreckliches gesehen?“ – „Nichts“, sagte der Sänger, „als den stillen Weiher und die weißen rätselhaften Steine im Mondlicht umher und den weiten unendlichen Sternenhimmel darüber. Ich sang ein altes frommes Lied, eines von jenen ursprünglichen Liedern, die, wie Erinnerungen und Nachklänge aus einer andern heimatlichen Welt, durch das Paradiesgärtlein unsrer Kindheit ziehn und ein rechtes Wahrzeichen sind, an dem sich alle Poetischen später in dem älter gewordnen Leben immer wieder erkennen. Glaubt mir, ein redlicher Dichter kann viel wagen, denn die Kunst, die ohne Stolz und Frevel, bespricht und bändigt die wilden Erdengeister, die aus der Tiefe nach uns langen.“

Alle schwiegen, die Sonne ging soeben auf vor ihnen und warf ihre funkelnden Lichter über die Erde. Da schüttelte Florio sich an allen Gliedern, sprengte rasch eine Strecke den andern voraus und sang mit heller Stimme:

Hier bin ich, Herr! Gegrüßt das Licht,
Das durch die stille Schwüle
Der müden Brust gewaltig bricht,
Mit seiner strengen Kühle.

Nun bin ich frei! Ich taumle noch
Und kann mich noch nicht fassen, –
O Vater, du erkennst mich doch
Und wirst nicht von mir lassen!

Es kommt nach allen heftigen Gemütsbewegungen, die unser ganzes Wesen durchschüttern, eine stillklare Heiterkeit über die Seele, gleichwie die Felder nach einem Gewitter frischer grünen und aufatmen. So fühlte sich auch Florio nun innerlichst erquickt, er blickte wieder recht mutig um sich und erwartete beruhigt die Gefährten, die langsam im Grünen nachgezogen kamen.

Der zierliche Knabe, welcher Pietro begleitete, hatte unterdes auch, wie Blumen vor den ersten Morgenstrahlen, das Köpfchen erhoben. – Da erkannte Florio mit Erstaunen Fräulein Bianca. Er erschrak, wie sie so bleich aussah gegen jenen Abend, da er sie zum ersten Mal unter den Zelten im reizenden Mutwillen gesehen. Die Arme war mitten in ihren sorglosen Kinderspielen von der Gewalt der ersten Liebe überrascht worden. Und als dann der heiß geliebte Florio, den dunkeln Mächten folgend, so fremd wurde und sich immer weiter von ihr entfernte, bis sie ihn endlich ganz verloren geben musste, da versank sie in eine tiefe Schwermut, deren Geheimnis sie niemand anzuvertrauen wagte. Der kluge Pietro wusste es aber wohl und hatte beschlossen, seine Nichte weit fortzuführen und sie in fremden Gegenden und in einem andern Himmelsstrich, wo nicht zu heilen, doch zu zerstreuen und zu erhalten. Um ungehinderter reisen zu können und zugleich alles Vergangene gleichsam von sich abzustreifen, hatte sie Knabentracht anlegen müssen.

Mit Wohlgefallen ruhten Florios Blicke auf der lieblichen Gestalt. Eine seltsame Verblendung hatte bisher seine Augen wie mit einem Zaubernebel umfangen. Nun erstaunte er ordentlich, wie schön sie war! Er sprach vielerlei gerührt und mit tiefer Innigkeit zu ihr. Da ritt sie, ganz überrascht von dem unverhofften Glück, und in freudiger Demut, als verdiene sie solche Gnade nicht, mit niedergeschlagenen Augen schweigend neben ihm her. Nur manchmal blickte sie unter den langen, schwarzen Augenwimpern nach ihm hinauf, die ganze klare Seele lag in dem Blick, als wollte sie bittend sagen: „Täusche mich nicht wieder!“

Sie waren unterdes auf einer luftigen Höhe angelangt, hinter ihnen versank die Stadt Lucca mit ihren dunkeln Türmen in dem schimmernden Duft. Da sagte Florio, zu Bianca gewendet: „Ich bin wie neu geboren, es ist mir, als würde noch alles gut werden, seit ich Euch wiedergefunden. Ich möchte niemals wieder scheiden, wenn Ihr es vergönnt." –

Bianca blickte ihn, statt aller Antwort selber wie fragend, mit ungewisser, noch halb zurückgehaltener Freude an und sah recht wie ein heiteres Engelsbild auf dem tiefblauen Grunde des Morgenhimmels aus. Der Morgen schien ihnen, in langen goldenen Strahlen über die Fläche schießend, gerade entgegen. Die Bäume standen hell angeglüht, unzählige Lerchen sangen schwirrend in der klaren Luft. Und so zogen die Glücklichen fröhlich durch die überglänzten Auen in das blühende Mailand hinunter.

NACHWORT

Unser Wort „romantisch“ ist abgeleitet vom englischen „romantic“, bedeutet so viel wie „romanhaft“ und wurde bereits im 18. Jahrhundert häufig benutzt, wurde zum Substantiv „Romantik“ und erweitert durch „Romantiker“ und schließlich von den Gegnern der neuen Bewegung abschätzig gebraucht. „Romanhaft“ bedeutete ihnen so viel wie mittelalterlich zeitfern, aber auch ritterlich (wie in alten Romanen) und empfindsam. Damit gerät bereits das Lebensgefühl der Romantik in den Blick: Die Welt wird als spannungsreich erfahren, ist voll von Spannungen, die in einer höheren Synthese (gemäß der Dialektik Hegels) aufgehoben werden sollen. Der Gegensatz zwischen Realität und „Überwirklichkeit“ (Paul Kluckhohn in: „Romantik“, Tübinger Vorlesungen, 1948), der Wunsch nach frommem Hingegebensein angesichts bedrohlicher Abgründigkeit führt zu Sehnsucht und – angesichts der nur unvollkommenen Erfüllung dieses Strebens – zu tiefer Wehmut.

Joseph Freiherr von Eichendorff, der „letzte Ritter der Romantik“, wie man ihn gern nannte, wurde am 10. 3. 1788 auf Schloss Lubowitz bei Ratibor geboren. Im Verlauf seines 1806 in Halle begonnenen juristischen Studiums lernte er in Heidelberg und sodann in Berlin dortige Vertreter der Romantik kennen, ehe er das Studium in Wien abschloss. Nach der Teilnahme am Befreiungskrieg gegen Napoleon trat er in Breslau als „Referendair“ in den preußischen Staatsdienst ein und wechselte 1831 in das Kultusministerium in Berlin. 1844 wurde er pensioniert. Am 26. 11. 1857 starb er in Neisse.

1837 erschien die Gesamtausgabe seiner Gedichte, ein Höhepunkt romantischer Lyrik. Viele von ihnen waren zunächst Bestandteil seiner Prosadichtungen. Weitere Werke sind die Romane „Ahnung und Gegenwart“ (autobiographisch, 1815 erschienen) und „Dichter und ihre Gesellen“ (1834) sowie Novellen, darunter „Aus dem Leben eines Taugenichts“ (1826) und „Das Marmorbild“ (1819).

In letzterer Novelle greift er ein Motiv auf, das in der Romantik symptomatisch ist für die Verunsicherung, den Zwiespalt des Menschen, zumal des Künstlers in der Romantik: der fast zwanghafte Sog des Ineinanderfließens, der Überlagerung von Mythos und Realität. Das Pygmalion-Motiv, die Liebe des Künstlers zur leblosen Skulptur (s. Anmerkung zu S. 15, Z. 13ff. und „Zur Entstehung“), das vermeintlich sich belebende Steinbild kennzeichnet diese Aufhebung der Grenze, die – in Verbindung mit dem Tannhäuser-Motiv (s. Anmerkung zu S. 5, Z. 43 und „Zur Entstehung“) – existenziell bedrohend wird. In E. T. A. Hoffmanns Märchen „Der Sandmann“ treibt die Liebe zum vermeintlich lebendigen Automaten Nathanael in den Wahnsinn.

Was im Briefwechsel zwischen Eichendorff und seinem Verleger, dem Zeitschriften-Herausgeber de la Motte-Fouqué, als „Märchen“, „Novelle“ und schließlich „Novellenmärchen“ bezeichnet wird, ist recht eigentlich eine Bildungsnovelle, die sich neben den Bildungsromanen des 19. Jahrhunderts (etwa Goethes „Wilhelm Meisters Lehrjahre“) sehr wohl behaupten kann. In „Das Marmorbild“ geht es um die Identitätsfindung des noch unfertigen Florio, der zwischen Kindheit und Erwachsenwerden schwankt, sich noch den Eindrücken und Bildern überlässt, die ihm die

Bilderbögen des Vaters eingeprägt haben. Ihnen gilt seine Sehnsucht, sodass er der Verzauberung durch die vermeintliche schöne Frauengestalt zu erliegen droht. Dieses Hin- und Hergerissensein drückt Eichendorff durch die Vielzahl der schnell wechselnden Episoden aus, aber auch durch die Mischung der Märchen- und Sagenmotive und durch die ganz unterschiedlich, teils erstarrte, teils verfallene, teils aber auch in heiterer Klarheit erlebte Landschaft. So wird der Leser in die Unruhe, die raschen Stimmungswechsel Florios unmittelbar einbezogen. Diese Wechsel gestaltet der Autor zudem auch sprachlich und spiegelt sie wider in den Stimmungswechseln der Landschaft und den Witterungswechseln bis hin zum klärenden Gewitter. Wie Florio schließlich durch das Stoßgebet „Herr Gott, lass mich nicht verloren gehen in der Welt!" aus der Venus-Verstrickung gerettet wird, so findet er endgültig zu sich und zu verantwortlichem Handeln durch ein weiteres Lied: „Hier bin ich – Nun bin ich frei".

Zur Entstehung

Die von Eichendorff selbst genannte Quelle für „Das Marmorbild" ist die Geschichte „Das seltsame Lucenser Gespenst" aus dem Sammelwerk „Größte Denkwürdigkeiten der Welt", das Eberhard Werner Happel 1687 in Hamburg veröffentlichte. Hier findet sich das aus Ovids „Metamorphosen" bekannte Pygmalion-Motiv, die Belebung der Elfenbein-Statue, in die sich der Bildhauer verliebt hatte. Eichendorff fügt Elemente der Tannhäuser-Sage hinzu, des im Venusberg gefangenen Ritters, den Mythos des selbstverliebten Narziss, die Verführung durch Venus/Aphrodite und das Sehnsuchtsmotiv der Blauen Blume. Bemerkenswert ist, dass alle diese Motive auf Seite 15 des Textes zugleich anklingen (vgl. auch die Anmerkungen dazu).

Weiterführende Darlegungen und instruktive graphische Darstellungen finden sich in der Reihe Interpretationshilfe Deutsch des Stark Verlags. Martin Brück hat hier das Bändchen zu Eichendorffs „Marmorbild" bearbeitet. Es erschien im Jahre 2000.

ZUR TEXTGESTALTUNG

Der Text unserer Ausgabe folgt der von Jost Perfahl nach den Ausgaben letzter Hand unter Hinzuziehung der Erstdrucke besorgten Werkausgabe des Winkler-Verlages, München. Die Rechtschreibung wurde den neuen amtlichen Regeln behutsam angepasst.

ANMERKUNGEN

Die Anmerkungen sind durch die Seiten- sowie die Zeilenzahlen nachgewiesen

5, 1 *Florio.* von lat. floriere, blühen. Egon Schwarz (Zur allegorischen Deutung von Eichendorffs „Marmorbild", 1956) sieht in der Namensgebung einen Hinweis auf einen „noch im inneren Wachstum begriffene(n) Mensch(en)". – Der junge Eichendorff hatte in Heidelberg 1808 Gedichte unter dem Pseudonym „Florens" (der Blühende) veröffentlicht

2 *Lucca.* Stadt in der Toskana. Hier spielte auch schon Happels Gespenstergeschichte (s. im Nachwort „Zur Entstehung")

8 *Zelter.* Damenreitpferd, für den Passgang abgerichtet

10 *Barett.* flache, randlose Kopfbedeckung

22 *Sangeskunst.* wie in „Das Marmorbild" hat sie auch in anderen Novellen und Gedichten Eichendorffs eine zentrale Funktion

34 *Reisen.* die nach Paris und, mehr noch, nach Italien führende „Kavalierstour" spielte seit Goethes Roman „Wilhelm Meisters Lehrjahre" (1796) als Bildungsreise für den Künstler eine zentrale Rolle

wie aus einem Gefängnis erlöst … hier und an einigen weiteren Textstellen wird deutlich, dass Eichendorff auf Goethes 1808 erschienenen „Faust. Erster Teil" (Hamburger Leseheft Nr. 29) anspielt: „Damit du, losgebunden, frei, / Erfahrest, was das Leben sei" (Studierzimmer II, V. 1542f.), mit diesen Worten lädt Mephistopheles Faust zur „Kavalierstour" ein

37 *die fernen blauen Berge.* romantisches Sehnsuchtsmotiv

43 *Spielmann.* der Minnesänger und Venusritter Tannhäuser (s. im Nachwort „Zur Entstehung")

6, 1 *Zauberberg.* Tannhäuser, in das Liebesreich der Venus verlockt, verführt auch andere dorthin. Lange galt der Große Hörselberg bei Eisenach als „Zauberberg" der Venus

8 *Spazierengehende … Abendgluten.* dieses Promenieren ist bei den Italienern als „Corso" noch heute beliebt

10 *„hier ist gut wohnen".* eine Anspielung auf die Verklärungsperikope im Matthäus-Evangelium Kap. 17, Vers 4. Das „den sollt ihr hören" im folgenden Vers ist ein versteckter Hinweis auf die Rolle Fortunatos für Florio

18 *sittig.* sittsam

23 *Plan.* Wiese

24 *bunt gefiederte Bälle.* das Federballspiel war im 16.–18. Jh. Adligen vorbehalten

31 *Bild des Frühlings.* Eichendorff kannte Botticellis Gemälde der „Primavera", des bekränzten Frühlings

7, 3 *Fortunato.* der Beglückte, auch der Gesegnete, eine der symbolischen Namensgebungen Eichendorffs. Der Name erscheint erstmals im Volksbuch „Fortunatos Wunschhütlein" (1509) für eine allerdings negativ gesehene Figur

4 *Ritter.* Adelstitel von ital. Kavaliere

23 *den Blöden.* den Schüchternen

41 *improvisiert.* spontan, aus dem Stegreif gedichtet

9, 9 *Bacchus.* der lat. Name für griech. Dionysos, den Weingott, auch Gott der Fruchtbarkeit

12 *die träumende Ruh.* vgl. die antike Skulptur des Barberinischen Fauns (um 230 v. Chr.) in der Glyptothek in München

21 *Venus.* die röm. Göttin der Liebe (in der griech. Mythologie Aphrodite)

23 *Lohe.* Glut

26 *Zauberring.* ein Verweis auf Florios Traum- und Märchenerlebnis

27 *Bübchen mit Flügeln.* Eroten als Begleiter der Venus

10, 8f. *die Frauen stehn sinnend, die Ritter schaun kühn.* vgl. Goethes Gedicht „Der Sänger“ aus dem Roman „Wilhelm Meisters Lehrjahre“, II. Teil, Kap. 11 (Hamburger Leseheft Nr. 195, S. 104)

18 *Mohn.* Attribut des Hypnos, des Schlafes

20 *Lilienkrone.* verweist auf den Tod, den Zwillingsbruder des Schlafs

30f. *drehet die Fackel er um.* der „Stillste der Gäste“ ist Thanatos, der Tod. Sein Attribut ist die gesenkte (und damit verlöschende) Fackel

11, 10f. *Hinauf, ach hinauf … Nimm, Vater, mich auf!* deutlicher Anklang an Goethes Hymnus „Ganymed“

38 *Donati.* von lat. donare: geben, schenken

12, 29ff. *stellte sich donatis Ross …* das scheuende Pferd verweist nach allg. Volksglauben auf eine Schuld seines Reiters

13, 3 *falb.* fahl, bleich

11 *Schmachthahn.* Hungerleider, auch von Durst oder Sehnsucht Gepeinigter, insofern evtl. eine Anspielung auf „Faust. Erster Teil“ (vgl. Anm. zu S. 5, Z. 34): „ So tauml’ ich von Begierde zu Genuss / Und im Genuss verschmacht ich nach Begierde“ („Wald und Höhle“, V. 3249f.)

Renommist. Prahler

23 *Sirenen.* in der griech. Mythologie Schadendämonen, die durch lieblichen Gesang betören (vgl. Homers „Odyssee“, 12. Gesang, Hamburger Leseheft Nr. 208, S. 148, Z. 39)

26 *Wehmut.* ein Schlüsselwort romantischer Märchen, in „Das Marmorbild“ häufig gebraucht

38f. *ein Diener lag …* in tiefenpsychologischer Deutung verkörpert er das Gewissen (vgl. Egon Schwarz, a. a. O.)

43f. *weiß glänzende Schlösser in dem Meer von Stille.* eine hochpoetische Metapher

14, 3 *Wie kühl schweift …* unter dem Titel „Liebe in der Fremde“ von Eichendorff in die Gesamtausgabe seiner Gedichte aufgenommen

14 *blicken.* blinken, blitzen

36 *Weiher.* (Fisch-)Teich. Eins der ältesten Lehnwörter der deutschen Sprache, abgeleitet von lat. vivarius, Fischbehälter

15, 2f. *marmornes Venusbild … aufgetaucht.* die griech. Entsprechung in der Mythologie ist Aphrodite, die „Schaumgeborene“, also dem Meer Entsteigende. Den Griechen galt Zypern als die ihr zugehörende Insel

4f. *betrachte … Bild der eigenen Schönheit.* hier klingt der griech. Mythos von Narkissos an, dem zur Selbstliebe verurteilten Jüngling

11 *Wunderblume.* die „blaue Blume der Romantik“, das zentrale Sehnsuchtssymbol seit dem fragmentarischen Bildungsroman „Heinrich von Ofterdingen“ (1802) von Novalis

13ff. *als schlüge es … die schönen Glieder herauf.* das Motiv des sich belebenden Steinbildes erscheint zuerst in den Metamorphosen des Ovid: Der Bildhauer Pygmalion verliebt sich in eine seiner Elfenbein-Statuen, die von Aphrodite zum Leben erweckt wird, danach u. a. in Mozarts Oper „Don Giovanni“ und, neuzeitlich, in S. Lagerlöfs „Nils Holgersson“. Ein Seitenstrang des Motivs der dämonischen Belebung toter Materie findet sich in der Romantik in E. T. A. Hoffmanns Erzählung „Der Sandmann“, 1816 (Hamburger Leseheft Nr. 174)

21 *schreckhaft.* hier: Schrecken erregend

40 *überwacht.* ein übernächtigter, hellwacher Zustand, in dem das Wahrnehmungs- und Assoziationsvermögen gesteigert erscheinen

16, 6 *presshaft.* bresthaft, mit Gebrechen behaftet

17, 31 *zweifelhaft.* hier: unschlüssig

40 *Lustgarten.* parkähnlicher Garten

18, 25 *Ihr langes goldenes Haar …* eine weitere mögliche Anspielung auf „Faust. Erster Teil“ (vgl. Anm. zu S. 5, Z. 34): „Nimm dich in Acht vor ihren schönen Haaren, / Vor diesem Schmuck, mit dem sie einzig prangt. / Wenn sie damit den jungen Mann erlangt, / So lässt sie ihn so bald nicht wieder fahren“ („Walpurgisnacht“, V. 4120ff.)

37 *Was weckst du, Frühling.* Eichendorff übernahm das Sonett 1837 unter dem Titel „Frau Venus“ in die Gesamtausgabe seiner Gedichte

19, 4 *Najaden.* Quell- und Wassernymphen

5 *Klause.* ursprünglich die Zelle des Einsiedlers

19 *riefe … ihr zu folgen.* hier klingt das Loreley-Motiv an. Es begegnet zuerst bei Clemens Brentano („Lore Lay“). Heine nimmt es in seinem Lied „Ich weiß nicht, was soll es bedeuten“ auf sowie in seinem Gedicht „Seegespenst“ (vgl. Hamburger Leseheft 214 „Die Nordsee“)

22 *Bildereien.* Reliefs

24 *Säulenknäufe.* gemeint sind wohl Kapitelle

20, 5 *angeflogen.* hier: beigekommen, eingefallen

38 *Kaskaden.* künstliche, stufenförmige Wasserfälle

21, 2 *künstlich.* hier: kunstvoll

11 *unbefriedigt.* hier: unzufrieden

31 *Frau Base.* Kusine, auch Tante

22, 4 *geklemmt.* hier: beklommen

23, 11 *in griechischem Gewande.* gekleidet wie antike Statuen

12 *Larve.* Maske

23 *verschlagen.* eigentlich eine Wortwahl wie bei der Schilderung eines Schiffbruchs

24, 3 *fabelhafte Schildereien.* Malereien, hier: Reliefs, vgl. Bildereien, Anm. zu S. 19, Z. 22

19 *Doppelbild.* Eichendorff überträgt hier das aus der Kunstgeschichte bekannte Kontrast-Motiv der Venus-/Muttergottesdarstellungen auf Florios Vorstellungswelt

29 *Über die beglänzten Gipfel.* von Eichendorff als „Liebe in der Fremde“ in die Gesamtausgabe seiner Gedichte übernommen

25, 3 *Najade.* vgl. Anm. zu S. 19, Z. 4

16 *ungesellige Parodien.* griech. Gegengesang, komisch-satirische Nachahmung, mit der einzelgängerische, „ungesellige“ Masken die verliebte Stimmung durchbrechen

43 *Schleier.* vielleicht ein Anklang an Schillers ins Umfeld einer Venus-Allegorie gerücktes Gedicht „Das verschleierte Bildnis zu Sais“ (1795)

26, 8 *Einsamkeit.* ein Schlüsselbegriff des romantischen Künstlertums

42 *schneeweißer Zelter.* zu „Zelter“ s. Anm. zu S. 5, Z. 8. – Seit der Beschreibung der apokalyptischen Reiter (Offenbarung, Kap. 6, Vers 8) ist das fahle Pferd ein Attribut des Todes, bildnerisch bekannt geworden durch den schon zu Entstehungszeiten weit verbreiteten Holzschnitt „Die apokalyptischen Reiter“ Dürers (1497/1498)

28, 3 *Bianca.* ital., die Weiße, die Reine. Eichendorff hat den Namen bewusst gewählt

36 *Hieroglyphe.* griech., Bilderschriftzeichen, schwer entzifferbares Schriftzeichen

29, 28 *von der Jagd.* hier klingt, zusätzlich zum Venus-Motiv, das Artemis-Diana-Motiv an

30 *Anger.* Wiese

33 *grünlichgolden.* vgl. hierzu S. 33, Z. 13

32, 2 *Historien.* Bildgeschichten

4 *Schildereien.* erzählende Darstellungen, vgl. niederländisch „schilderij“ für Gemälde

11f. *in früher Kindheit oftmals ein solches Bild gesehen.* in Goethes „Faust. Erster Teil“ (vgl. Anm. zu S. 5, Z. 34) heißt es: „In die Traum- und Zaubersphäre / Sind wir, scheint es, eingegangen“ (Walpurgisnacht, V. 3871f). Albrecht Schöne verweist in seinem Faust-Kommentar (Goethe, Sämtliche Werke Bd. 7, 2, S. 342) darauf, dass Faust und Mephistopheles sich in ein Bild hineinbegeben, das für sie zauberisch-symbolische Wirklichkeit gewinnt. Gemeint ist der Holzschnitt (1668) nach einem Kupferstich, in dem Michael Herr das Walpurgisnacht-Treiben darstellte. In Anspielung auf diese Verse lässt Eichendorff die Kindheitsbilder für Florio vermeintlich wirklich werden

22 *Karossen.* Prunkkutschen

23 *Kavaliers.* frz. Kavaliere, Ritter

37f. *mein Bild dämmert und blüht … mit herauf.* Anspielung auf Mephistopheles’ Verblendung ankündigende Verse: „Du siehst, mit diesem Trank im Leibe, / Bald Helenen in jedem Weibe“ („Faust. Erster Teil“, Hexenküche, V. 2603f.)

33, 9 *Gewitter.* in Eichendorffs Dichtungen wiederholt ein Symbol für die plötzliche Lösung aus quälender Erstarrung

12 *Schlange.* vgl. die „goldgrüne Schlange“ in E. T. A. Hoffmanns

um 1813 entstandenem Märchen „Der goldene Topf“ (Hamburger Leseheft Nr. 202)

13 *grünlichgolden.* vgl. hierzu S. 29, Z. 33

31 *schwerverhalten.* hier: kaum unterdrückt

34, 2 *sahen auf einmal aus wie er.* ein Gegenstück zu S. 32, Z. 3–38

35, 15 *seines getreuen Dieners.* vgl. die Anm. zu S. 13, Z. 38

23 *Oheim.* Onkel

36, 13 *Von kühnen Wunderbildern.* unter dem Titel „Götterdämmerung“ von Eichendorff in die Gesamtausgabe seiner Gedichte aufgenommen

37, 3f. *und richtet froh erschrocken…* vgl. hierzu S. 30, Z. 38–41

14 *Diana.* die römische Göttin der Jagd (griech. Artemis)

15 *Neptunus.* der röm. Gott des Meeres (griech. Poseidon)

17 *Sirenen.* s. Anm. zu S. 13, Z. 23

27 *Regenbogen.* das Friedenszeichen für den Bund Gottes mit den Menschen (1. Mose 9, 13) und das Zeichen der Herrschaft Gottes überhaupt (Offenbarung 4,3 und 10,1)

28 *ein andres Frauenbild.* die Muttergottes

33f. *Da in den lichten Räumen …* vgl. hierzu S. 32, Z. 40 bis S. 33, Z. 7

38, 2 *Kluft.* (Fels-)Spalte

39, 1 *Hier bin ich, Herr!* von Eichendorff unter dem Titel „Der Umkehrende“ in die Gesamtausgabe seiner Gedichte aufgenommen

15 *der zierliche Knabe.* vgl. die Figur der Mignon in Goethes Roman „Wilhelm Meisters Lehrjahre“ (1796)